QUAND SOUFFLE LE VENT DU NORD

Né à Vienne en 1960, Daniel Glattauer écrit depuis 1989 des chroniques politiques et judiciaires pour le grand journal autrichien *Der Standard*. Il est également l'auteur de plusieurs livres dont *Quand souffle le vent du nord*, immense succès international.

DANIEL GLATTAUER

Quand souffle le vent du nord

ROMAN TRADUIT DE L'ALLEMAND
PAR ANNE-SOPHIE ANGLARET

GRASSET

Titre original :

GUT GEGEN NORDWIND

Publié par Deuticke, en 2006.

ISBN : 978-2-253-15730-4 – 1ʳᵉ publication LGF

Chapitre un

15 janvier
Objet : Résiliation

J'aimerais résilier mon abonnement. Puis-je m'y prendre ainsi ? Cordialement, E. Rothner.

18 jours plus tard
Objet : Résiliation

Je veux résilier mon abonnement. Est-il possible de le faire par mail ? Merci de me répondre au plus vite.

Cordialement, E. Rothner.

33 jours plus tard
Objet : Résiliation

Chère Madame, cher Monsieur des publications *Like*, si votre mépris souverain envers mes tentatives de résiliation a pour but d'écouler plus d'exemplaires de votre produit, d'un niveau hélas toujours plus mauvais, je dois malheureusement vous faire part de ma décision : je ne paierai plus !

Cordialement, E. Rothner.

8 minutes plus tard
RÉP :

Vous avez la mauvaise adresse. Je suis un particulier. Mon adresse : woerter@leike.com. Celle dont vous avez besoin : woerter@like.com. Vous êtes déjà la troisième personne à m'envoyer une demande de résiliation. Le magazine doit être devenu vraiment mauvais.

Cinq minutes plus tard
RE :

Oh, pardon ! Et merci pour ces explications. Bien à vous, E.R.

Neuf mois plus tard
Pas d'objet

Joyeux Noël et bonne année de la part d'Emmi Rothner.

Deux minutes plus tard
RÉP :

Chère Emmi Rothner, nous ne nous connaissons pour ainsi dire pas du tout. Cependant, je vous remercie pour votre sincère et si original mail groupé ! Il faut que vous le sachiez : j'aime les mails groupés destinés à un groupe auquel je n'appartiens pas. Sincères salutations, Leo Leike.

18 minutes plus tard
RE :

Veuillez excuser mon harcèlement épistolaire, Monsieur « sincères salutations » Leike. Vous vous êtes glissé par erreur dans mon fichier clients car, il y a quelques mois, j'ai utilisé sans le vouloir votre adresse mail pour résilier un abonnement. Je vais l'effacer tout de suite.

PS : Si pour souhaiter « un joyeux Noël et une

bonne année » vous trouvez une formule plus origi-
nale que « joyeux Noël et bonne année », n'hésitez
pas à me le faire savoir. En attendant : joyeux Noël
et bonne année ! E. Rothner.

Six minutes plus tard
RÉP :

Je vous souhaite d'agréables fêtes et espère de tout
cœur que cette nouvelle année qui commence comp-
tera parmi vos 80 meilleures. Et si entre-temps vous
vous abonnez aux ennuis, n'hésitez pas à m'envoyer
– par erreur – une demande de résiliation. Leo
Leike.

Trois minutes plus tard
RE :

Suis impressionnée ! Bises, E.R.

38 jours plus tard
Objet : Pas un euro !

Très chère direction de *Like*, je me suis séparée
de votre magazine trois fois par écrit et deux fois par
téléphone (auprès d'une certaine Mme Hahn). Puis-

que vous persistez malgré tout à m'envoyer ce journal, je considère que cela vous fait plaisir. Quant à la
demande de paiement de 186 euros, je serai ravie de
la conserver en souvenir de *Like* quand, enfin, je ne
recevrai plus aucun numéro. Mais ne comptez pas
sur moi pour payer le moindre euro. Avec l'expression de ma considération distinguée, E. Rothner.

Deux heures plus tard
RÉP :

Chère madame Rothner, le faites-vous exprès ?
Ou êtes-vous abonnée aux ennuis ? Sincères salutations, Leo Leike.

15 minutes plus tard
RE :

Cher monsieur Leike, je suis confuse. Je souffre
malheureusement d'une maladie chronique du
« Ei », c'est-à-dire du « E » avant le « I ». Quand
j'écris vite et qu'un « I » doit suivre, un « E » se
glisse toujours dans mon mot. A tel point que mes
majeurs se font la guerre sur le clavier. Le gauche
veut toujours aller plus vite que le droit. Il faut dire
que je suis une gauchère contrariée. La main gauche

ne me l'a pas pardonné. Le bout de son majeur glisse toujours un « E » dans le mot avant que la main droite ne puisse placer un « I ». Veuillez excuser ce harcèlement, cela n'arrivera (probablement) plus. Bonne fin de soirée, E. Rothner.

Quatre minutes plus tard
RÉP :

Chère madame Rothner, puis-je vous poser une question ? Et en voici une deuxième : combien de temps vous a-t-il fallu pour écrire le mail qui expose votre maladie du « Ei » ? Bises, Leo Leike.

Trois minutes plus tard
RE :

Deux questions pour vous répondre : combien de temps selon vos estimations ? Et pourquoi cette question ?

Huit minutes plus tard
RÉP :

Selon mes estimations, cela ne vous a pas pris plus de vingt secondes. Si c'est le cas, je vous félicite : en si

peu de temps, vous avez réussi un message impecca-
ble. Il m'a fait sourire. Et ce soir, rien ni personne
d'autre n'y serait arrivé. En ce qui concerne votre
deuxième question, pourquoi je vous demande cela :
je travaille actuellement sur le langage dans les mails.
Et maintenant je vous repose ma question : pas plus
de vingt secondes, je me trompe ?

Trois minutes plus tard
RE :

Tiens tiens, vous travaillez sur les mails. Ça a l'air
passionnant, et j'ai maintenant un peu l'impression
d'être un cobaye. Mais tant pis. Avez-vous un site
internet ? Si non, en voulez-vous un ? Si oui, en
voulez-vous un plus joli ? Je travaille en effet sur les
sites internet. (Jusqu'ici, il m'a fallu exactement dix
secondes, je me suis interrompue mais c'était pour
une discussion professionnelle, ça va toujours très
vite.)

Vous vous êtes malheureusement complètement
trompé dans vos estimations en ce qui concerne
mon banal mail sur la maladie du « E » avant le
« I ». Il m'a bien coûté trois minutes de mon temps.
Et à quoi cela a-t-il servi ? Il y a quand même quelque chose qui m'intéresse : pourquoi avez-vous supposé qu'il ne m'avait fallu que vingt secondes pour

écrire mon mail ? Et, avant de vous laisser à jamais en paix (à moins que les publications *Like* ne m'envoient encore une demande de paiement), je voudrais savoir autre chose. Vous écrivez : « puis-je vous poser une question ? Et en voici une deuxième : combien de temps vous a-t-il fallu… etc. ? » J'ai deux questions là-dessus. La première : combien de temps vous a-t-il fallu pour trouver cette blague ? La seconde : c'est ça votre humour ?

Une demi-heure plus tard
RÉP :

Chère et inconnue madame Rothner, je vous répondrai demain. Là, j'éteins mon ordinateur. Bonne soirée, bonne nuit, ça dépend. Leo Leike.

Quatre jours plus tard
Objet : Questions en suspens

Chère madame Rothner, excusez-moi de me manifester si tard, ma vie est un peu agitée en ce moment. Vous vouliez savoir pourquoi j'ai supposé, à tort, que vous n'aviez eu besoin que de vingt secondes pour votre exposé sur la maladie du « Ei ». Eh bien, si je puis me permettre cet avis, vos mails donnent l'impression d'être « jetés sur l'écran ». J'aurais juré que vous étiez de celles qui parlent vite et qui écrivent vite, le genre de femme qui déborde d'énergie, à qui l'écoulement des jours paraît toujours trop lent. Quand je lis vos mails, je n'y trouve aucune pause. Leur ton et leur rythme me semblent bouillonnants, précipités, énergiques, vifs, un peu énervés même. Ce n'est pas le style de quelqu'un qui fait de l'hypotension. J'ai l'impression que toutes vos pensées spontanées se bousculent dans le texte. Cela montre que vous n'avez pas peur du langage, que vous maniez les mots de manière habile et très précise. Mais puisque vous m'expliquez qu'il vous a fallu plus de trois minutes pour écrire votre mail sur le « Ei », c'est donc que je me suis fait de vous une idée fausse.

Vous m'avez malheureusement posé une question sur mon humour. C'est un triste sujet. Pour être drôle, il faut au moins se trouver à soi-même un peu d'esprit. Je vais être honnête : en ce moment, je ne m'en trouve aucun, je me sens tout à fait inutile. Quand je pense aux jours et aux semaines qui viennent de s'écouler, toute envie de rire m'abandonne. Mais il s'agit là de mon histoire personnelle, qui n'a rien à faire ici. Merci pour votre style si rafraîchissant. C'était très agréable de parler avec vous. Je pense que toutes nos questions ont trouvé leurs réponses, tant bien que mal. Si par hasard vous vous égariez encore une fois sur mon adresse, j'en serais ravi. Juste une faveur : résiliez votre abonnement à *Like*, cela devient un peu agaçant. Ou alors, voulez-vous que je le fasse ? Bises, Leo Leike.

40 minutes plus tard
RE :

Cher monsieur Leike, je tiens à vous faire un aveu : je n'ai pas eu besoin de plus de vingt secondes pour mon mail sur le « E » avant le « I ». Seulement, j'ai trouvé agaçant que vous me preniez pour quelqu'un qui écrit des mails en quatrième vitesse. Vous aviez vu juste, mais je ne pouvais quand même pas vous l'avouer à l'avance. Donc : même si vous n'avez (en ce moment) aucun sens de l'humour, il est évident que vous vous y connaissez bien en mails. Vous avez vu clair en moi tout de suite, cela m'a beaucoup impressionnée ! Etes-vous professeur de lettres ? Cordialement, Emmi « qui déborde d'énergie » Rothner.

18 jours plus tard
Objet : Bonjour

Bonjour monsieur Leike, je voulais juste vous dire que les gens de *Like* ne m'envoient plus leur magazine. Seriez-vous intervenu ? Quoi qu'il en soit, vous pourriez vous manifester. Par exemple, je ne sais toujours pas si vous êtes professeur. En tout cas, Google ne vous connaît pas, ou alors il vous cache bien. Et votre humour, va-t-il un peu mieux ? Après tout, c'est le carnaval, la concurrence est à peu près nulle. Bises, Emmi Rothner.

Deux heures plus tard
RÉP :

Chère madame Rothner, c'est gentil de m'écrire. Vous m'avez manqué. J'étais à deux doigts de me payer un abonnement à *Like*. (Attention, ébauche d'humour !) Et vous avez vraiment fait une recherche « Google » sur moi ? Je trouve cela très flatteur. Pour être honnête, l'idée que vous me prenez pour un professeur me plaît beaucoup moins. Vous pensez que je suis un vieux croûton, je me trompe ? Rigide, pédant, suffisant. Bon, je ne vais pas m'évertuer à vous démontrer le contraire, sinon cela risquerait de devenir pénible. Je suppose que j'écris en ce moment comme quelqu'un de plus âgé que moi. Et je vous soupçonne d'écrire comme quelqu'un de plus jeune que vous. En fait, je suis conseiller en communication et assistant en psychologie du langage à l'université. Nous travaillons en ce moment à une étude sur l'influence des mails sur notre attitude langagière et surtout – voilà la partie encore plus intéressante – sur le mail comme vecteur d'émotions. J'ai donc un peu tendance à parler boutique, mais j'essaierai à l'avenir de m'abstenir, je vous le promets. Allez, je vous souhaite de survivre aux festivités du carnaval ! Telle que je vous imagine, vous vous êtes sûrement acheté tout un stock de faux nez et de langues de belle-mère. : –)

Je vous embrasse, Leo Leike.

22 minutes plus tard
RE :

Cher monsieur le psychologue du langage, je vais vous mettre un peu à l'épreuve : selon vous, laquelle de vos phrases, dans le mail que je viens de recevoir, m'a paru la plus intéressante, si intéressante qu'il faut que je vous pose tout de suite une question (mais n'est-il pas normal que je vous teste avant) ? Et encore un conseil utile, en ce qui concerne votre humour : j'ai trouvé que votre phrase « J'étais à deux doigts de me payer un abonnement à *Like* » était un bon début ! En ajoutant (« attention, ébauche d'humour !) », vous avez malheureusement tout gâché : oubliez ce type de remarques ! J'ai aussi trouvé drôle l'idée des faux nez et des langues de belle-mère. De toute évidence, nous avons le même non-humour. Mais faites-moi confiance pour reconnaître l'ironie et renoncez aux smileys ! Je vous embrasse, c'est très agréable de bavarder avec vous. Emmi Rothner.

Dix minutes plus tard
RÉP :

Chère Emmi Rothner, merci pour vos conseils en matière d'humour ! Vous finirez par faire de moi un homme désopilant. Je vous remercie encore plus pour le test ! Il me donne l'occasion de vous montrer que je ne suis pas (pour l'instant) l'archétype du « vieux professeur tyrannique ». Si je l'étais, j'aurais supposé que la phrase que vous trouvez la plus intéressante est : « Nous travaillons en ce moment à une étude [...] sur le mail comme vecteur d'émotions. » Mais, j'en suis sûr, c'est celle-ci qui vous intéresse le plus : « Et je vous soupçonne d'écrire comme quelqu'un de plus jeune que vous. » De cette phrase découlent pour vous deux questions pressantes : comment croit-il savoir cela ? Et, autre question : Quel âge me donne-t-il, au juste ? Je me trompe ?

Huit minutes plus tard
RE :

Leo Leike, vous êtes diabolique !!! Bien, et maintenant vous avez intérêt à trouver de bons argu-
ments pour m'expliquer pourquoi je devrais être
plus vieille que ma manière d'écrire ne le laisse penser. Ou, pour être plus précise : j'écris comme
quelqu'un de quel âge ? J'ai quel âge ? Pourquoi ?
Quand vous aurez résolu ces énigmes, révélez-moi
quelle pointure je fais. Je vous embrasse, Emmi. Je
m'amuse beaucoup avec vous.

45 minutes plus tard
RÉP :

Vous écrivez comme si vous aviez 30 ans. Mais
vous avez dans les 40 ans, mettons : 42. Comment
crois-je le savoir ? Une trentenaire ne lit pas réguliè-
rement *Like*. L'âge moyen d'une abonnée à *Like* se
situe vers les 50 ans. Mais vous êtes plus jeune,
puisque vous travaillez sur les sites internet, donc il
est vrai que vous pourriez avoir 30 ans ou même
moins. Toutefois, les trentenaires n'envoient pas de
mails groupés à leurs clients pour leur souhaiter un
« joyeux Noël et une bonne année ». Et enfin : vous
vous appelez Emmi, c'est-à-dire Emma. Je connais

trois Emma, elles ont toutes plus de 40 ans. A 30 ans, on ne s'appelle pas Emma. On ne retrouve des Emma que chez les moins de 20 ans, mais vous n'avez pas moins de 20 ans, sinon vous utiliseriez des mots comme « cool », « ouf », « chanmé », « genre », « grave », etc. De plus, vous ne mettriez aucune majuscule et vous n'écririez pas des phrases complètes. Et surtout, vous auriez mieux à faire que d'échanger des mails avec un professeur probablement dépourvu d'humour, et de vous intéresser à l'âge qu'il vous donne. Encore une chose à propos d'« Emmi » : quand on s'appelle Emma et qu'on écrit comme quelqu'un de plus jeune, par exemple parce qu'on se sent plus jeune que son âge, on ne signe pas Emma, mais Emmi. Conclusion, chère Emmi Rothner : vous écrivez comme si vous aviez 30 ans, vous en avez 42. Je me trompe ? En pointure, vous faites du 36. Vous êtes petite, menue et débordante d'énergie, vous êtes brune aux cheveux courts. Et vous parlez à toute vitesse. Je me trompe ? Bonne soirée, Leo Leike.

Le jour suivant
Objet : ???

Chère madame Rothner, êtes-vous vexée ? Vous savez, je ne vous connais pas du tout. Comment pourrais-je deviner votre âge ? Vous avez peut-être 20 ou 60 ans. Vous pesez peut-être 100 kilos pour 1,90 m. Comme pointure, vous faites peut-être du 46 – et du coup vous n'avez que trois paires de chaussures, faites sur mesure. Pour pouvoir en acheter une quatrième, vous avez dû résilier votre abonnement à *Like* et envoyer des vœux à vos clients pour les brosser dans le sens du poil. Donc je vous en prie, ne soyez pas fâchée. Cela m'a amusé d'essayer de deviner, j'ai de vous une image si confuse que j'ai voulu vous décrire avec une précision exagérée. Je ne voulais pas vous froisser. Bises, Leo Leike.

Deux heures plus tard
RE :

Cher « professeur », j'aime votre humour, il n'est qu'un demi-ton au-dessus d'un sérieux maladif, et c'est ce qui le rend si insolite ! Je vous écris demain. Je m'en réjouis déjà ! Emmi.

Sept minutes plus tard
RÉP :

Merci ! Maintenant, je peux aller dormir tranquille. Leo.

Le jour suivant

Objet : Me froisser

Cher Leo, j'abandonne le « Leike ». Vous pouvez donc oublier le « Rothner ». J'ai trouvé vos mails d'hier tout à fait savoureux, je les ai lus plusieurs fois. J'aimerais vous faire un compliment. Je trouve fascinant que vous soyez capable d'engager la conversation avec une personne que vous ne connaissez pas du tout, que vous n'avez encore jamais vue et que vous ne verrez probablement jamais, de qui vous n'avez rien à attendre, et cela sans savoir si elle vous répondra de la même manière. C'est une attitude atypique chez les hommes, que j'apprécie chez vous. Je voulais commencer par vous dire cela. Bien, et maintenant je voudrais aborder quelques points :

1. Vous avez une psychose avancée des mails de vœux groupés. Où l'avez-vous attrapée ? Il semble que l'on vous vexe à mort quand on vous souhaite un « joyeux Noël et une bonne année ». Bien, je vous promets que je ne le ferai plus, plus jamais ! Du reste, je trouve extraordinaire que vous pensiez être capable de déduire l'âge de quelqu'un d'un « joyeux Noël et bonne année ». Aurais-je eu dix ans de moins si j'avais dit « joyeux Noël et heureuse année » ?

2. Désolée, cher Leo le psychologue du langage, mais croire qu'une femme ne peut pas avoir moins

de 20 ans si elle n'utilise pas « cool », « chanmé » et
« grave » me semble une attitude un peu naïve et
pontifiante. Non pas que j'essaie, quand j'écris ceci,
de vous faire croire que j'ai moins de 20 ans. Mais
sait-on jamais ?

3. J'écris comme si j'avais 30 ans, dites-vous. Mais
une trentenaire ne lit pas *Like*, dites-vous encore. Je
vous explique cela volontiers : j'avais pris l'abonnement à *Like* pour ma mère. Alors, qu'en dites-vous ?
Est-ce que, tout compte fait, je suis plus jeune que
mes mails ne le laissent penser ?

4. Après cette question fondamentale, je m'en
vais. J'ai malheureusement un rendez-vous. (Préparation à la confirmation ? Cours de danse ? Manu-
cure ? Thé avec des amies ? Je vous laisse choisir.)
Bonne fin de journée Leo ! Emmi.

Trois minutes plus tard
RE :

Ah oui, Leo, je vais vous divulguer un secret :
pour la pointure, vous n'étiez pas très loin. Je fais du
37. (Mais pas besoin de m'offrir des chaussures, j'ai
déjà tout ce qu'il faut.)

Trois jours plus tard

Objet : Un manque

Cher Leo, quand vous ne m'écrivez pas pendant trois jours, j'ai deux réactions : 1. Je suis étonnée. 2. Je ressens un manque. Ce n'est pas très agréable. Faites quelque chose ! Emmi.

Le jour suivant

Objet : Enfin envoyé !

Chère Emmi, pour ma défense, je vous ai écrit des mails tous les jours, mais je ne les ai pas envoyés. Non, au contraire, je les ai tous effacés. Je suis arrivé à un moment délicat de notre dialogue. Elle, cette Emmi qui chausse du 37, commence peu à peu à m'intéresser plus que le cadre de notre discussion ne le permet. Et quand elle, cette Emmi qui chausse du 37, déclare sans préambule : « Nous ne nous verrons probablement jamais », elle a bien sûr tout à fait raison, et je partage son point de vue. Je trouve cela très très intelligent de partir du principe que nous ne nous rencontrerons pas. Je ne veux pas que notre conversation tombe au niveau d'une discussion de petite annonce ou de chatroom.

Bien, et maintenant j'envoie enfin mon mail, pour qu'elle, cette Emmi qui chausse du 37, ait au moins quelque chose de moi dans sa boîte. (Je sais que le contenu n'est pas très palpitant, mais ce n'est qu'un fragment de ce que je voulais vous écrire.) Je vous embrasse, Leo.

23 minutes plus tard
RE :

Aha, Leo le psychologue du langage ne veut pas savoir à quoi ressemble cette Emmi qui chausse du 37 ? Leo, je ne vous crois pas ! Tous les hommes veulent savoir à quoi ressemblent les femmes avec qui ils parlent sans savoir à quoi elles ressemblent. Ils veulent même savoir le plus vite possible à quoi elles ressemblent. Et c'est après qu'ils décident s'ils veulent continuer à leur parler. Non ? Sincèrement, cette Emmi qui chausse du 37.

Huit minutes plus tard
RÉP :

Voilà un message qui était plus hyperventilé qu'écrit, je me trompe ? Quand vous m'envoyez des réponses comme celle-ci, Emmi, je n'ai pas besoin de savoir à quoi vous ressemblez. Je vous vois comme si vous étiez devant moi. Et il n'est pas nécessaire d'avoir étudié la psychologie du langage pour cela. Leo.

21 minutes plus tard
RE :

Vous vous trompez, monsieur Leo. J'ai écrit mon mail très calmement. Vous devriez me voir quand j'hyperventile ! A part ça, par principe vous n'avez pas très envie de répondre à mes questions, je me trompe ? (Au fait, à quoi ressemblez-vous quand vous demandez « je me trompe » ?) Mais si vous permettez, je voudrais revenir à votre mail de cet après-midi. Il est tout à fait illogique. Voici ce que je constate :

1. Vous écrivez des mails que vous n'envoyez pas.

2. Vous commencez peu à peu à vous intéresser à moi plus que ne le permet le « cadre de notre discussion ». Qu'est-ce que cela veut dire ? Le cadre de notre discussion n'est-il pas justement l'intérêt que nous portons à un parfait étranger ?

3. Vous trouvez très intelligent – non, vous trouvez même « très très intelligent » – de ne jamais nous rencontrer. J'envie votre passion pour l'intelligence !

4. Vous ne voulez pas d'une discussion de cha-troom. Quoi d'autre alors ? De quoi devrions-nous

parler, pour que l'intérêt que vous me portez ne dépasse pas le « cadre » ?

5. Et, pour le cas pas du tout improbable où vous ne voudriez répondre à aucune des questions ci-dessus : vous dites que votre mail précédent n'était qu'un fragment de ce que vous vouliez m'écrire. N'hésitez pas à m'envoyer le reste. Chaque ligne me réjouit ! J'ai beaucoup de plaisir à vous lire, cher Leo. Emmi.

Cinq minutes plus tard
RÉP :

Chère Emmi, vous ne pouvez pas écrire sans utiliser 1. 2. 3., je me trompe ? A demain pour un mail plus long. Bonne soirée. Leo.

Le jour suivant
Pas d'objet

Chère Emmi, avez-vous remarqué que nous ne savons absolument rien l'un de l'autre ? Nous créons des personnages virtuels, imaginaires, nous dessinons l'un de l'autre des portraits-robots illusoires. Nous posons des questions dont le charme est de ne pas obtenir de réponses. Oui, nous nous amusons à éveiller la curiosité de l'autre, et à l'attiser en refusant de la satisfaire. Nous essayons de lire entre les lignes, entre les mots, presque entre les lettres. Nous nous efforçons de nous faire de l'autre une idée juste. Et en même temps, nous sommes bien déterminés à ne rien révéler d'essentiel sur nous-mêmes. « Rien d'essentiel », c'est-à-dire ? Rien du tout, nous n'avons encore rien raconté de notre vie, rien de ce qui fait notre quotidien, rien de ce qui est important pour nous.

Nous communiquons au milieu d'un désert. Nous avons sagement avoué quel était notre métier. En théorie, vous pourriez me faire un joli site internet et moi établir de vous un (médiocre) profil psychologique. C'est tout. Nous savons grâce à un mauvais magazine local que nous habitons dans la même ville. Mais à part cela ? Rien. Il n'y a personne autour de nous. Nous n'habitons nulle part. Nous sommes sans âge. Nous sommes sans visage. Nous ne faisons pas la différence entre le jour et la nuit. Nous vivons hors du temps. Nous sommes retranchés derrière nos écrans, et nous avons un passe-temps commun : nous nous intéressons à un parfait inconnu. Bravo !

En ce qui me concerne, je vous fais un aveu : je m'intéresse énormément à vous, chère Emmi ! Je ne sais pas pourquoi, mais je sais qu'il y a eu à cela une occasion marquante. Pourtant, je sais aussi à quel point cet intérêt est absurde. Il ne survivrait pas à une rencontre, quels que soient votre apparence et votre âge, même si vous pouviez amener à un éventuel rendez-vous une bonne dose du charme considérable de vos mails et si l'esprit que vous montrez par écrit résonnait dans le timbre de votre voix, se cachait dans vos pupilles, dans les coins de votre bouche et dans vos narines. Je soupçonne cet « énorme intérêt » de ne se nourrir que du contenu de ma boîte mail. Il est probable que toute tentative de l'en faire sortir échouerait lamentablement.

Enfin, ma question la plus importante, chère Emmi : voulez-vous toujours que je vous envoie des mails ? (Cette fois, une réponse claire serait la bienvenue.) Je vous embrasse très fort, Leo.

21 minutes plus tard
RE :

Cher Leo, en voilà un long message ! Vous devez avoir beaucoup de temps libre. Ou bien est-ce que vos mails font partie de votre travail ? Pouvez-vous les déduire de vos impôts ? Etes-vous payé en heures supplémentaires ? Je sais, j'ai la langue bien pendue. Mais seulement par écrit. Et seulement quand je ne suis pas sûre de moi. Leo, vous me faites douter de moi. Mais je suis sûre d'une chose : oui, je veux que vous m'écriviez encore des mails, si cela ne vous dérange pas. Au cas où je ne serais pas assez claire, je réessaie : OUI, JE VEUX !!!!!!! DES MAILS DE LEO ! DES MAILS DE LEO ! DES MAILS DE LEO. S'IL VOUS PLAÎT ! JE SUIS ACCRO AUX MAILS DE LEO ! Et maintenant, vous devez absolument m'expliquer pourquoi, n'ayant aucune raison de vous intéresser à moi, vous y avez été poussé par une « occasion marquante ». Je ne comprends pas, mais cela a l'air très intéressant. Je vous embrasse très fort, et je rajoute un « très », Emmi. (PS : votre dernier message était très classe ! Sans une once d'humour, mais vraiment très classe !)

Le surlendemain
Objet : Joyeux Noël

Vous savez quoi, chère Emmi, aujourd'hui je vais rompre avec nos habitudes et vous raconter quelque chose de personnel. Elle s'appelait Marlene. Il y a trois mois, j'aurais écrit : elle s'appelle Marlene. A présent, elle s'appelait. Après cinq années de présent sans futur, j'ai enfin trouvé l'imparfait. Je vous épargne les détails de notre relation. Le plus beau, c'était toujours le nouveau départ. Comme nous adorions recommencer, c'est ce que faisions tous les deux mois. Nous étions à chaque fois « le grand amour de notre vie », mais jamais lorsque nous étions ensemble, seulement quand nous essayions une fois de plus de nous retrouver.

Oui, et voilà où nous en étions au printemps : elle avait quelqu'un d'autre, quelqu'un avec qui elle pouvait s'imaginer une vie de couple, et pas seulement des retrouvailles. (Même s'il est pilote dans une compagnie aérienne espagnole, mais bien sûr.) Quand je l'ai appris, j'ai été plus persuadé que jamais que Marlene était la « femme de ma vie », et que je devais tout faire pour ne pas la perdre à jamais.

Pendant des semaines, j'ai fait tout ce que je pouvais, et même un peu plus. (Là aussi, je vous épargne de plus amples détails.) Et elle était sur le point de me donner, et donc de nous donner, une toute dernière chance : Noël à Paris. J'avais l'intention – n'hésitez pas à vous moquer de moi, Emmi – de lui faire là-bas ma demande en mariage. Quel imbécile. Elle n'attendait que le retour de « l'Espagnol », pour lui dire la vérité sur moi et sur Paris, elle pensait qu'elle lui devait bien cela. J'avais un pressentiment désagréable, que dis-je « désagréable », j'avais un airbus espagnol dans le ventre quand je pensais à Marlene et à ce pilote. C'était le 19 décembre.

L'après-midi, j'ai reçu – non, pas même un coup de téléphone –, j'ai reçu un mail atroce : « Leo, ça ne

va pas, je ne peux pas, Paris ne serait qu'un mensonge de plus. Je t'en prie, pardonne-moi ! » Ou
quelque chose dans ce goût-là. (Non, pas dans ce goût-
là, mais mot pour mot.) J'ai répondu immédiatement : « Marlene, je veux t'épouser ! Je suis sûr de
ma décision. Je veux passer ma vie avec toi. Je sais
maintenant que j'en suis capable. Nous sommes faits
pour être ensemble. Fais-moi confiance une dernière
fois. Je t'en prie, nous en discuterons à Paris. Je t'en
prie, dis oui pour Paris. »

Voilà, ensuite j'ai attendu une réponse, une heure,
deux heures, trois heures. Entre-temps, j'ai dialogué
toutes les 20 minutes avec son répondeur sourd-
muet, j'ai lu d'anciennes lettres d'amour stockées
dans mon PC, regardé sur l'ordinateur des photos
de nous deux, toutes prises pendant l'un de nos
innombrables voyages de réconciliation. Et, comme
fou, je me suis remis à fixer mon écran. De ce son
bref et cruel qui annonce un nouveau message, de
cette petite enveloppe ridicule dans la barre d'outils
dépendait ma vie avec Marlene, et donc, c'est ce que
je pensais, ma survie.

J'ai fixé à 21 heures la limite de cette horrible
attente. Si Marlene ne s'était pas manifestée d'ici là,
la perspective du voyage à Paris, et avec elle notre
dernière chance, s'évanouissaient. Il était 20 h 57. Et
soudain : un son, une petite enveloppe (une décharge
électrique, un infarctus), un message. Je ferme les

yeux pendant quelques secondes, je rassemble les maigres restes de mon optimisme, je me concentre sur le mail tant espéré, sur l'assentiment de Marlene, sur Paris à deux, sur une vie entière avec elle. J'écarquille les yeux, j'ouvre le message. Et je lis, je lis, je lis : « Joyeux Noël et bonne année de la part d'Emmi Rothner. »

Voilà pour ma « psychose avancée des mails de vœux groupés ». Bonne soirée, Leo.

Deux heures plus tard
RE :

Cher Leo, c'est une excellente histoire. La chute, surtout, m'a enthousiasmée. Je suis presque fière d'y jouer un rôle fatidique. J'espère que vous vous rendez compte que vous m'avez révélé, à moi votre « personnage virtuel, imaginaire », votre « portrait-robot illusoire », quelque chose d'exceptionnel. C'était vraiment la « vie privée de Leo, psychologue du langage ». Je suis déjà trop fatiguée aujourd'hui pour faire là-dessus des réflexions intéressantes. Mais demain, si vous le permettez, je vous enverrai une analyse en bonne et due forme. Avec 1. 2. 3. etc. Dormez bien, et faites des rêves raisonnables. En un mot, je vous conseille de ne pas rêver de Marlene. Emmi.

Le jour suivant
Objet : Marlene

Bonjour, Leo. Puis-je être un peu dure avec vous ?

1. Vous êtes donc un de ces hommes qui ne s'intéresse à une femme qu'au début et à la fin : quand il veut l'avoir, et juste avant qu'elle ne finisse par lui échapper. Ce qui se passe entre-temps – aussi appelé la vie de couple – vous ennuie ou vous fatigue, ou les deux. Je me trompe ?

2. Il est vrai que (cette fois) vous êtes par miracle resté célibataire, mais pour chasser un pilote espagnol du lit de votre presque-ex, vous seriez prêt à vous présenter nonchalamment devant l'autel. Voilà qui témoigne d'assez peu de respect pour le vœu matrimonial. Je me trompe ?

3. Vous avez déjà été marié une fois. Je me trompe ?

4. Je vous vois comme si vous étiez devant moi, bien confortablement emmitouflé dans votre auto-commisération, en train de lire des lettres d'amour et de regarder de vieilles photos, au lieu de faire un geste qui pourrait faire comprendre à une femme qu'il y a chez vous un soupçon d'amour ou le vague souhait de quelque chose de durable.

5. Oui, et là MON message fatidique atterrit dans votre boîte mail, reine de l'être et du néant.

C'est comme si, au moment idéal, j'avais enfin pro-
noncé les mots que Marlene devait avoir sur la langue depuis des années : LEO, C'EST FINI, CAR
CELA N'A JAMAIS COMMENCÉ ! Ou en
d'autres termes, plus obscurs, plus poétiques, plus
évocateurs « Joyeux Noël et bonne année de la part
d'Emmi Rothner ».

6. Mais là, cher Leo, vous faites un geste noble.
Vous répondez à Marlene. Vous la félicitez de sa
décision. Vous dites : MARLENE, TU AS RAI-
SON, C'EST FINI, CAR CELA N'A JAMAIS
COMMENCÉ ! Ou en d'autres termes, plus obscurs, plus énergiques, plus puissants : « Chère Emmi
Rothner, nous ne nous connaissons pas du tout.
Cependant, je vous remercie pour votre sincère et si
original mail groupé ! Il faut que vous le sachiez :
j'aime les mails groupés destinés à un groupe auquel
je n'appartiens pas. Sincères salutations, Leo Leike. »
Vous savez perdre avec une noblesse, une grâce et
un fair play étonnants, cher Leo.

7. Enfin, ma question la plus importante : voulez-
vous toujours que je vous envoie des mails ? Bon
lundi après-midi, Emmi.

Deux heures plus tard
RÉP :

Bon appétit, Emmi !

Pour le 1. Je n'y peux rien, si je vous fais penser à un homme qui, visiblement – malgré l'élégance avec laquelle vous le décrivez – vous a déçue. Je vous en prie, ne croyez pas me connaître mieux que vous ne le pouvez ! (Vous ne pouvez pas me connaître.)

Pour le 2. En ce qui concerne ma dernière tentative de trouver une échappatoire dans une promesse de mariage : je ne peux rien faire d'autre que me traiter moi-même d' « imbécile ». Mais j'imagine la sarcastique et moralisatrice Emmi qui chausse du 37 en remettre une couche en réhabilitant le vœu matrimonial, les yeux fermés et la bave aux lèvres.

Pour le 3. Désolé, je n'ai jamais été marié ! Vous ? Plusieurs fois, je me trompe ?

Pour le 4. Revoilà l'homme du 1., à qui je vous fais penser, l'homme qui préfère lire des lettres d'amour déconnectées de la réalité plutôt que de vous prouver ses sentiments. Peut-être avez-vous eu plusieurs hommes comme celui-là dans votre vie.

Pour le 5. Oui, à l'instant où vos vœux sont arrivés, j'ai senti que j'avais perdu Marlene.

Pour le 6. A ce moment-là, je vous ai répondu pour oublier mon échec, Emmi. Et jusqu'à aujourd'hui, j'ai considéré nos discussions comme une partie de ma thérapie pour me remettre de Marlene.

Pour le 7. Oui, écrivez-moi ! Utilisez l'écriture pour soulager votre âme de toute la frustration que vous avez amassée contre les hommes. Ne vous gênez pas pour être suffisante et cynique, pour vous réjouir du malheur d'autrui. Si cela vous fait du bien, alors mon adresse mail aura rempli son rôle. Sinon, offrez-vous (ou offrez à votre mère) un abonnement à *Like*, et résiliez celui à « Leike ». Bon lundi après-midi, Leo.

11 minutes plus tard
RE :

Oh, non ! Je vous ai blessé. Ce n'était pas mon intention. Je pensais que vous tiendriez le coup. Je vous en ai trop demandé. Je vais faire mon examen de conscience. Bonne nuit, Emmi.

PS : pour le 3. : Je n'ai été mariée qu'une fois. Et je le suis encore !

Chapitre deux

Une semaine plus tard
Objet : T. P.

Temps pourri aujourd'hui, non ? Bises, E.

Trois minutes plus tard
RÉP :

1. Pluie 2. Neige 3. Pluie neigeuse. Sincères salutations, Leo.

Deux minutes plus tard
RE :

Vous êtes toujours vexé ?

50 secondes plus tard
RÉP :

Je ne l'ai jamais été.

30 secondes plus tard
RE :

Alors peut-être n'aimez-vous pas discuter avec des femmes mariées ?

Une minute plus tard
RÉP :

Oh, si ! Par contre, je me demande parfois pourquoi des femmes mariées prennent plaisir à discuter avec de parfaits étrangers comme moi.

40 secondes plus tard
RE :

Vous en avez donc plusieurs dans votre boîte mail ? De combien d'autres personnes se compose votre thérapie pour vous remettre de Marlene ?

50 secondes plus tard
RÉP :

Bien, Emmi, vous retrouvez petit à petit votre mordant. Tout à l'heure, vous me sembliez un peu indolente, embarrassée et timide.

Une demi-heure plus tard
RE :

Cher Leo, il faut que je vous dise quelque chose : je suis navrée pour mon mail en sept points de lundi dernier. Je l'ai relu plusieurs fois, et je dois l'avouer : il semble ignoble, quand on le lit lentement. Le problème, c'est que vous ne pouvez pas savoir comment je suis quand je dis des choses pareilles. Si vous étiez à côté de moi, vous ne pourriez pas m'en vouloir. (Du moins, c'est ce que je m'imagine.) Croyez-moi : je suis loin d'être frustrée. Bien sûr, j'ai été déçue par des hommes. J'entends par là : bien sûr, les hommes ont leurs limites. Mais j'ai eu de la chance. Sur ce point, je vais très très bien. Mon cynisme tient plus du jeu et de l'exercice que de la colère et du règlement de comptes. Du reste, j'apprécie beaucoup que vous m'ayez parlé de Marlene. (Ce qui me fait penser que vous ne m'avez d'ailleurs rien raconté sur Marlene. Quel genre de femme est/

était-elle ? A quoi ressemble-t-elle ? Quelle est sa pointure ? Comment sont ses chaussures ?)

Une heure plus tard
RÉP :

Chère Emmi, je vous en prie, ne le prenez pas mal, mais je n'ai guère envie de vous parler des goûts de Marlene en matière de chaussures. Je veux bien vous dire qu'à la plage, elle était en général pieds nus. Je dois m'arrêter là, j'ai de la visite. Bonne fin de journée, Leo.

Trois jours plus tard
Objet : Crise

Cher Leo, j'avais pris la résolution d'attendre votre prochain mail – et de ne pas écrire la première. Certes, je n'ai pas étudié la psychologie du langage, mais dans ma tête deux choses semblent liées. 1. Je vous ai fait comprendre entre les lignes que j'étais non seulement mariée, mais heureuse. 2. En réaction, vous m'envoyez les réponses les plus apathiques que j'aie reçues depuis les débuts très prometteurs de notre tête-à-tête virtuel, il y a plus d'un an. Puis, vous ne donnez plus aucune nouvelle. Se peut-il que vous ayez perdu tout intérêt pour moi ? Se peut-il que vous ayez perdu tout intérêt pour moi parce que je suis prise ? Se peut-il que vous ayez perdu tout intérêt pour moi parce que je suis « mariée et heureuse » ? Si c'est le cas, au moins « soyez un homme » et dites-le-moi. Sincères salutations, Emmi.

Le jour suivant
Pas d'objet

MONSIEUR LEO ?

Le jour suivant
Pas d'objet

LEEEEEEEEEOOOOOOO ?
HOOOOOOOOOOOOUUUUU-
HOOOOUUUU ???????????

Le jour suivant
Pas d'objet

Connard !

Deux jours plus tard
Objet : Charmant message d'Emmi

Bonjour Emmi ! Quel sentiment merveilleux, après un épuisant séminaire à Bucarest, ville peu enchanteresse s'il en est, en cette saison qu'ils appellent là-bas perversement le printemps (tempêtes de neige, gel), quel sentiment merveilleux, donc, de revenir chez soi, d'allumer tout de suite l'ordinateur, de trouver, dans l'enchevêtrement des 500 mails envoyés par des correspondants implacables pour vous faire part de nouvelles accessoires voire pitoyables, quatre mails de Mme Rothner, si appréciée pour sa maîtrise du langage, son style et ses programmes en plusieurs points, et, comme un ours du grésil roumain en voie de décongélation, de se réjouir de lire quelques phrases chaleureuses. Euphorique, on ouvre le premier mail, et qu'est-ce qui nous saute à la figure ? CONNARD ! Merci pour l'accueil !

Emmi, Emmi ! Encore une fois, vous avez arrangé les choses à votre manière. Je dois pourtant vous décevoir : cela ne me dérange pas du tout que vous soyez « mariée et heureuse ». Je n'ai jamais eu l'intention de faire plus connaissance avec vous que ne le permet la correspondance électronique. Je n'ai jamais voulu non plus savoir à quoi vous ressemblez. Je me fais une image de vous à partir des textes que vous m'écrivez.

Je bricole ma propre Emmi Rothner. Telle que je la vois, ses principaux traits sont restés les mêmes depuis que je l'ai rencontrée au début de notre discussion. Vous pouvez avoir derrière vous trois mariages tragiques, cinq divorces heureux, être gaiement tous les jours de nouveau « libre » et, célibataire, vous dévergonder le samedi soir, cela ne changera rien.

Toutefois, je constate avec regret que le contact avec moi vous épuise. Et, de plus, quelque chose m'étonne : pourquoi une femme mariée et heureuse, loin d'être frustrée, spirituelle et sarcastique, au-dessus de tout, charmante, sûre d'elle, aux chaussures taille 37 (et à l'âge indéfini) tient-elle tant à entretenir une conversation intensive, sur des sujets aussi personnels, avec un professeur inconnu, parfois grincheux, détruit par une relation, sujet à des crises et dépourvu d'humour ? Qu'en dit votre mari ?

Deux heures plus tard
RE :

D'abord, le plus important : Leo l'ours du grésil is back from Bucarest ! Bienvenue. Excusez le « connard », mais il s'imposait de lui-même. Comment pourrais-je savoir que j'ai affaire à un homme aux tendances extraterrestres, qui n'est pas déçu d'apprendre que sa fidèle correspondante, si sarcastique en

matière de mariage, est déjà prise ? Un homme qui
préfère « bricoler sa propre Emmi », plutôt que de
rencontrer la vraie. Si je peux me permettre de vous
provoquer un peu là-dessus : quelle que soit la qualité
de ce que vous bricolez dans vos rêves les plus auda-
cieux, cher Leo le psychologue du langage, cela ne
peut pas s'approcher de la vraie Emmi Rothner.

Vous sentez-vous provoqué ? Non ? C'est bien ce
que je pensais. J'ai bien peur que ce soit l'inverse :
c'est vous qui me provoquez, Leo. Vous avez une
façon peu orthodoxe mais très étudiée de vous rendre
toujours plus captivant : vous voulez à la fois tout et
rien savoir de moi. Selon l'humeur du jour, vous
manifestez pour moi un « énorme intérêt » ou un
désintérêt presque pathologique. Cela m'énerve et
m'émoustille tour à tour. Pour le moment, cela
m'émoustille. Je l'avoue. Mais peut-être êtes-vous un
loup (roumain) du grésil, gris, solitaire, inhibé, errant,
incapable de regarder une femme dans les yeux. Un
loup qui a une peur panique des vraies relations. Qui
doit sans arrêt s'inventer un monde imaginaire, parce
qu'il ne trouve pas sa place dans son environnement
concret, vivant, tangible, réel. Peut-être avez-vous un
énorme complexe vis-à-vis des femmes. Ah, je deman-
derais bien à Marlene. Vous n'auriez pas par hasard
son numéro de téléphone actuel, ou celui du pilote
espagnol ? (C'est une blague, s'il vous plaît ne recom-
mencez pas à bouder pendant trois jours.)

Non Leo, j'ai tout simplement le béguin pour vous. Vous me plaisez. Beaucoup, même ! Beaucoup, beaucoup, beaucoup ! Et je ne peux pas croire que vous ne vouliez pas me voir. Cela ne veut pas dire que nous devrions nous voir. Bien sûr que non ! Mais, par exemple, j'aimerais bien savoir à quoi vous ressemblez. Cela expliquerait beaucoup. Je veux dire, cela expliquerait pourquoi vous écrivez comme vous le faites. Parce que vous auriez exactement l'apparence de quelqu'un qui écrit comme vous. Et j'aimerais bien savoir à quoi peut ressembler quelqu'un qui écrit comme vous. Ceci expliquerait cela.

A propos d'explications : je ne tiens pas à parler de mon mari ici. Vous pouvez bien sûr parler de vos femmes (dans le cas où elles ne seraient pas confinées à votre boîte mail). Je peux vous donner de bons conseils, je suis très douée pour me mettre à la place des femmes, il se trouve que j'en suis une. Mais mon mari... Bien, voilà ce que je peux vous dire : nous avons une relation magnifique et harmonieuse, avec deux enfants (qu'il a eu l'amabilité de fournir pour m'éviter des grossesses). Nous n'avons aucun secret l'un pour l'autre. Je lui ai dit que je discutais souvent par mail avec un « sympathique psychologue du langage ». Il m'a demandé : Tu veux le rencontrer ? Je lui ai répondu : Non. Il a ajouté : Qu'est-ce que cela veut dire, alors ? Moi : Rien. Lui : Ah, bon. C'est tout. Il n'a pas eu envie d'en savoir plus, je n'ai pas eu envie de lui en dire plus. Je n'ai pas envie d'en dire plus sur lui. On est d'accord ?

Donc, cher ours du grésil, parlons de vous maintenant : à quoi ressemblez-vous ? Répondez-moi. S'il vous plaît !!! Je vous embrasse, votre Emmi.

Le jour suivant
Objet : Test

Chère Emmi, moi aussi j'ai du mal à m'arracher à vos douches écossaises. Qui nous paie le temps que nous passons ici l'un avec l'autre (sans l'autre) ? Et comment conciliez-vous cela avec votre famille et votre travail ? Je suppose que chacun de vos deux enfants a au moins trois tamias, ou d'autres bêtes semblables. Où trouvez-vous le temps de vous occuper de manière aussi intensive et attentive d'un ours du grésil que vous ne connaissez pas ?

Vous voulez donc absolument savoir à quoi je ressemble ? Très bien je vais faire un pari et vous proposer un jeu, extravagant je l'admets, mais il faut que vous découvriez d'autres aspects de ma personnalité. Donc : je vous parie que parmi, disons, 20 femmes, je saurais trouver la seule et unique Emmi Rothner, alors que vous seriez incapable de deviner qui est le vrai Leo Leike au milieu d'autant d'hommes. On risque le test ? Si vous dites oui,

nous pourrons discuter d'un mode opératoire adapté.
Bonne matinée, Leo.

50 minutes plus tard
RE :

Bien sûr que je dis oui ! Vous êtes un véritable
aventurier ! A l'avance je vous livre mes doutes,
mais ne m'en voulez pas : je pressens que vous ne
me plairez pas du tout visuellement, cher Leo. C'est
même très probable, car en principe les hommes ne
me plaisent pas, à part quelques rares (et souvent
homosexuelles) exceptions. Pour ce qui est de l'inverse
– non, allez, je préfère ne rien dire là-dessus. Vous
vous imaginez que vous me reconnaîtrez tout de suite.
Vous avez donc une idée de ce à quoi je ressemble.
Comment était-ce déjà ? « 42 ans, petite, menue,
débordante d'énergie, brune aux cheveux courts. »
Bonne chance pour me reconnaître ! Mais comment
allons-nous faire ? Nous envoyer 20 photos avec
une de nous au milieu ? Bise, Emmi.

Deux heures plus tard
RÉP :

Chère Emmi, je propose que nous nous rencontrions en personne, sans le savoir, c'est-à-dire en restant perdus au milieu d'une foule. Nous pourrions choisir le grand café Huber, dans la rue Egel. Je suis sûr que vous le connaissez. C'est un lieu très fréquenté à la clientèle composite. Nous déterminons un laps de temps de deux heures, un dimanche après-midi par exemple, pendant lequel nous serons tous les deux présents. Au milieu du perpétuel va-et-vient et de la masse des gens, cela ne se verra pas que nous cherchons à nous découvrir.

En ce qui concerne votre probable déception si je ne vous plais pas visuellement, je pense qu'il ne faudra pas révéler le secret de notre apparence, même après la rencontre. Ce qui est intéressant, à mon avis, est de savoir si nous pensons arriver à reconnaître l'autre, et comment ; ce n'est pas ce à quoi nous ressemblons vraiment. Je le redis : je ne veux pas savoir à quoi vous ressemblez. Je ne veux que vous reconnaître. Et je vais y arriver. D'ailleurs, je ne crois plus à la description que j'ai faite de vous il y a quelque temps. Pour moi, vous êtes devenue (en dépit du mari et des enfants) un peu plus jeune, madame Emmi Rothner.

Autre chose : je me réjouis de voir que vous citez

toujours de vieux mails de moi. Cela veut dire que vous les avez conservés. C'est flatteur.

Que pensez-vous de mon idée de rencontre ? Je vous embrasse, Leo.

40 minutes plus tard
RE :

Cher Leo, il y a quand même un problème : si vous me reconnaissez, vous saurez à quoi je ressemble. Si je vous reconnais, je saurai à quoi vous ressemblez. Mais vous ne voulez pas savoir à quoi je ressemble. Et j'ai peur que vous ne me plaisiez pas. Est-ce la fin de notre passionnante histoire ? Ou autrement dit : n'avons-nous soudain si envie de nous voir que pour n'avoir plus à nous écrire ? Si c'est cela, le prix de la curiosité serait trop élevé pour moi. Je préfère rester anonyme et recevoir jusqu'à la fin de mes jours des mails de l'ours du grésil. Bisous, Emmi.

35 minutes plus tard
RÉP :

J'aime votre façon de dire les choses ! Je ne me fais pas de soucis à propos de notre rencontre. Vous ne me reconnaîtrez pas. Et j'ai une image tellement nette de vous que je ne pourrai vérifier que celle-là. Si (à ma grande surprise) mon image de vous était erronée, je ne vous identifierais pas. Comme cela, je pourrais garder intacte mon Emmi imaginaire. Bisous aussi, Leo.

Dix minutes plus tard
RE :

Maître Leo, cela me rend folle que vous soyez si certain de savoir à quoi je ressemble ! C'est assez impertinent de votre part. Bien, voilà qui est dit. Encore une question : quand vous contemplez cette image si distincte que vous avez de moi, est-ce que je vous plais au moins ?

Huit minutes plus tard
RÉP :

Plaire, plaire, plaire. Est-ce vraiment si important ?

Cinq minutes plus tard
RE :

Oui, c'est hyper important, monsieur le théologien moraliste. Au moins pour moi. J'aime 1. qu'on me plaise. Et j'aime 2. plaire.

Sept minutes plus tard
RÉP :

N'est-ce pas suffisant si vous 3. vous plaisez à vous-même ?

Onze minutes plus tard
RE :

Non, je suis bien trop prétentieuse pour cela. De plus, il est un peu plus facile de se plaire à soi-même quand on plaît aux autres. Vous voulez 4. probablement ne plaire qu'à votre boîte mail, je me trompe ? Elle est patiente. Pour elle, même pas besoin de se brosser les dents. D'ailleurs, avez-vous encore des dents ? Mais peut-être que cela non plus n'a pas d'importance ?

Neuf minutes plus tard
RÉP :

J'ai enfin réussi à faire bouillir le sang d'Emmi ! Je vais clore le sujet pour l'instant : l'image que j'ai de vous me plaît énormément, sinon je ne penserais pas si souvent à vous, chère Emmi.

Une heure plus tard
RE :

Vous pensez donc souvent à moi ? C'est gentil. Moi aussi je pense souvent à vous, Leo. Peut-être est-ce vraiment une mauvaise idée de nous rencontrer. Bonne nuit !

Le jour suivant
Objet : Santé

Bonsoir Leo, excusez le dérangement tardif. Seriez-vous en ligne, par hasard ? Voulez-vous boire un verre de vin rouge ? Chacun de son côté, bien sûr. Il faut que vous sachiez que c'est déjà mon troisième verre. (Si vous refusez par principe de boire du vin, je vous en prie mentez-moi et dites-moi que vous buvez avec plaisir un verre ou une bouteille de temps en temps, toujours avec modération et sans but. En effet, il y a deux types d'hommes que je ne peux pas supporter : les hommes ivres et les ascètes.)

RE :

J'en bois encore un quatrième avant de perdre conscience. Votre dernière chance pour aujourd'hui.

RE :

Dommage. Vous avez raté quelque chose. Je pense à vous. Bonne nuit.

Le jour suivant
Objet : Dommage

Chère Emmi, je suis désolé d'avoir raté notre romantique interlude nocturne face à l'ordinateur. J'aurais sans hésiter bu un verre à votre santé et contre l'anonymat virtuel. Aurait-il pu s'agir d'un verre de vin blanc ? Je préfère le blanc au rouge. Non, heureusement je n'ai pas besoin de vous mentir : je ne suis pas ivre souvent, et pas toujours un ascète. Je préfère dix fois l'ivresse à l'ascétisme, et je la mets en pratique vingt fois plus souvent. Marlene, par exemple (vous vous rappelez ?), Marlene ne buvait pas une goutte d'alcool. Elle ne le supportait pas. Et pire : elle ne supportait pas non plus une seule goutte de l'alcool que je buvais. Vous comprenez ? C'est le genre de choses qui fait naître une opposition émotionnelle. Il faut toujours boire à deux, ou pas du tout.

Donc, comme je le disais : je serai à jamais désolé de n'avoir pas pu accepter votre alléchante proposition d'hier soir. Malheureusement, je suis rentré chez moi beaucoup trop tard. Une autre fois, votre futur camarade de boisson en ligne, Leo.

20 minutes plus tard
RE :

Rentré chez vous beaucoup trop tard ? Leo, Leo, où traînez-vous la nuit ? Dites-le tout de suite, une remplaçante de Marlene s'annonce. Si c'est le cas, vous devez me donner tous les détails sur cette femme, pour que je puisse vous dissuader de la voir. En effet, mon intuition me dit que vous ne devriez pas vous attacher tout de suite, vous n'êtes pas prêt pour une nouvelle relation. De toute façon, vous m'avez, moi. Et l'image que vous avez de moi se rapproche bien plus de votre idéal féminin qu'une quelconque connaissance rencontrée dans un bar lounge aux fauteuils en velours rouge (pour professeurs seuls aux tendances ours du grésil), vers 2 heures du matin, ou à je ne sais quelle heure de la nuit. Donc à l'avenir, s'il vous plaît, restez chez vous, buvons à l'unisson parfois, aux environs de minuit, un verre de vin blanc (oui, exceptionnellement, pourquoi pas du vin blanc). Après quoi vous serez fatigué et irez vous coucher, afin d'être en forme le lendemain pour écrire de nouveaux mails à Emmi Rothner, votre déesse imaginaire. Ça marche ?

Deux heures plus tard
RÉP :

Ah, chère Emmi, c'est si agréable de pouvoir vivre encore une fois les prémices enchanteresses d'une scène de jalousie. Je sais, bien sûr, que c'était une querelle à l'italienne, mais je l'ai quand même savourée. En ce qui concerne les femmes que je fréquente, je vous propose d'adopter la même politique que pour votre mari, les deux enfants et leurs six tamias. Tout cela n'a pas sa place ici ! Ici, nous n'existons que pour nous deux. Nous resterons en contact jusqu'à ce que l'un de nous deux n'ait plus rien à dire, ou n'ait plus envie. Je ne pense pas que ce sera moi. Bonne journée de printemps, votre Leo.

Dix minutes plus tard
RE :

Je viens d'y penser : que sont devenus notre rendez-vous et notre jeu de reconnaissance ? Vous ne voulez plus ? Dois-je me faire du souci à cause du bar lounge et de cette nana à la mine défaite ? Donc, que diriez-vous d'après-demain, dimanche 25/03, à partir de 15 heures, dans un café Huber plein à craquer ? Dites oui ! Emmi.

20 minutes plus tard
RÉP :

Si si, chère Emmi. Je vous reconnaîtrai avec plaisir. Mais je suis déjà pris ce week-end. Je pars demain soir à Prague pour trois jours, un voyage « personnel », pour ainsi dire. Mais dimanche prochain, nous pourrons volontiers nous adonner à notre jeu de société.

Une minute plus tard
RE :

PRAGUE AVEC QUI ???

Deux minutes plus tard
RÉP :

Non, Emmi, vraiment pas.

35 minutes plus tard
RE :

Ok, comme vous voulez (ou ne voulez pas). Mais ne me revenez pas avec un chagrin d'amour ! Pra-

gue semble faite pour les chagrins d'amour, surtout
fin mars : tons gris sur gris, et le soir, dans un restaurant lambrissé du bois le plus sombre du monde,
avec sous les yeux un serveur dépressif et désœuvré
qui a arrêté de vivre depuis qu'il a servi lors d'une
visite officielle de Brejnev, on mange des boulettes
de pomme de terre et on boit de la bière brune.
Après, rien ne va plus. Pourquoi ne partez-vous pas
à Rome ? Vous iriez à la rencontre de l'été. Moi,
avec vous, j'irais à Rome.

Du reste, notre jeu de reconnaissance va devoir
attendre. Je pars lundi au ski pour une semaine. Evi-
demment, comme vous êtes mon fidèle compagnon
de mails, je peux vous dire avec qui : un mari, deux
enfants. (Et sans tamias !) Les voisins s'occupent de
Jukebox. Jukebox est notre gros chat. Il ressemble à
un Jukebox, mais ne passe qu'un seul disque. Et il
déteste les skieurs, donc il reste à la maison. Je vous
souhaite une merveilleuse soirée. Emmi.

Cinq heures plus tard
RE :

Etes-vous déjà rentré, ou êtes-vous encore dans
votre bar-lounge-machin-truc ? Bonne nuit, Emmi.

Quatre minutes plus tard
RÉP :

Je suis déjà rentré. J'attendais qu'Emmi vérifie si j'étais chez moi. Maintenant, je peux aller dormir tranquille. Comme je pars tôt demain matin, je vous souhaite à vous et à votre famille une agréable semaine au ski. Bonne nuit. A bientôt par mail ! Leo.

Trois minutes plus tard
RE :

Vous portez un pyjama ? Bonne nuit, Emmi.

Deux minutes plus tard
RÉP :

Vous dormez nue vous peut-être ? Bonne nuit, L.

Quatre minutes plus tard
RE :

Hey, maître Leo, voilà une question tout à fait érotique. Je n'aurais pas cru cela de vous. Pour ne pas rompre la tension naissante qui crépite entre nous, je préfère renoncer à vous demander à quoi ressemble votre pyjama. Donc, bonne nuit et bon voyage à Prague !

50 secondes plus tard
RÉP :

Alors, vous dormez nue ?

Une minute plus tard
RE :

Mais c'est qu'il veut vraiment le savoir ! Disons, juste pour votre monde imaginaire, cher Leo : cela dépend à côté de qui. Profitez bien de Prague à deux ! Emmi.

Deux minutes plus tard
RÉP :

A trois ! Je pars avec une vieille amie et son compagnon. Leo. (Maintenant, j'éteins.)

Cinq jours plus tard
Pas d'objet

Chère Emmi, êtes-vous connectée quand vous skiez ? Je vous embrasse, Leo. PS : Vous aviez raison pour Prague, mon couple d'amis a décidé de se séparer. Mais Rome aurait été bien pire.

Trois jours plus tard
Pas d'objet

Chère Emmi, vous pouvez commencer à revenir tranquillement. Vos mails de surveillance me manquent. Cela ne m'amuse même plus d'aller traîner la nuit dans le bar lounge.

Un jour plus tard
Pas d'objet

Pour que vous ayez trois mails de moi dans votre boîte de réception. Je vous embrasse, Leo. (Hier, exprès pour vous, ou du moins en pensant à vous, je me suis acheté un nouveau pyjama.)

Trois heures plus tard
RÉP :

Vous ne m'écrivez plus ?

Deux heures plus tard
RÉP :

Vous ne pouvez plus m'écrire, ou vous ne voulez plus m'écrire ?

Deux heures et demie plus tard
RÉP :

Je peux échanger mon nouveau pyjama, si c'est le problème.

40 minutes plus tard
RE :

Ah, Leo, vous êtes tellement mignon ! Mais ce que nous faisons n'a aucun sens. Ce n'est pas un fragment de vraie vie. Ma semaine au ski, elle, était un fragment de vraie vie. Ce n'était pas le meilleur fragment, mais c'était un bon fragment et je le revendique, je ne

voudrais pas une autre vie que la mienne, et donc, j'ai
la vie que j'ai, et celle que j'ai est bien comme elle est.
Les enfants ont été un peu agaçants, mais c'est leur
rôle d'enfants. De plus, ce ne sont pas les miens, et ils
me le reprochent à l'occasion. Mais les vacances
étaient bien comme elles étaient. (J'ai déjà dit qu'elles
étaient bien, non ?)

Leo, soyez honnête : pour vous, je suis une femme
imaginaire, seules sont réelles les lettres de l'alphabet
que vous assemblez pour qu'elles sonnent bien,
comme sait le faire un psychologue du langage.
Pour vous, je suis comme du sexe par téléphone,
mais sans sexe ni téléphone. Donc : du sexe par
ordinateur, mais sans sexe ni images à télécharger.
Et pour moi vous n'êtes qu'un petit jeu, un service
de flirt rafraîchissant. Je peux faire ce qui me manque :
vivre les débuts d'un rapprochement (sans avoir à
me rapprocher). Nous sommes bien mignons, mais
nous avons déjà fait les deuxième et troisième pas
d'un rapprochement qui ne peut pas avoir lieu.
Bientôt, nous allons devoir faire du surplace. Sinon,
nous deviendrons un peu ridicules. Nous n'avons
plus 15 ans, enfin, surtout vous, mais nous ne les
avons plus, cela ne sert à rien.

Leo, il faut que je vous dise autre chose. Pendant
cette semaine au ski en famille, qui a été parfois aga-
çante, mais dans l'ensemble très agréable, tranquille,
harmonieuse, drôle, et même par moments romanti-

que, je n'ai pas pu m'empêcher de penser sans arrêt à un ours du grésil inconnu, du nom de Leo Leike. Ce n'est pas bien. C'est malsain, non ? Ne devrions-nous pas arrêter ? vous demande Emmi.

Cinq minutes plus tard
RE :

Autre chose : je suis désolée pour votre couple d'amis. Oui, Rome aurait probablement été l'enfer.

Deux minutes plus tard
RE :

A quoi ressemble-t-il, ce nouveau pyjama ?

Le jour suivant
Objet : Rencontre

Chère Emmi, ne pouvons-nous pas au moins mener à bien notre « rendez-vous de reconnaissance » ? Ce sera probablement un peu plus facile, ensuite, de renoncer à ce « rapprochement qui ne peut pas avoir lieu ». Emmi, je ne peux pas arrêter de penser à vous juste parce que j'arrête de vous écrire des mails ou d'attendre vos messages. Cela serait si mesquin et si pragmatique. Faisons notre test ! Qu'en dites-vous ? Je vous embrasse, Leo.

(Mon nouveau pyjama ne peut pas se décrire, il faut le voir et le toucher.)

Une heure et demie plus tard
RE :

Dimanche prochain, de 15 à 17 heures au grand café Huber ? Bise, Emmi.

(Leo, Leo, votre remarque sur le pyjama « il faut le voir et le toucher », c'était de la drague. Si cela ne venait pas de vous, je dirais même : de la drague très maladroite !)

50 minutes plus tard
RÉP :

Très bien ! Mais il ne faut pas que nous venions pile à 15 heures et que nous repartions pile à 17 heures. Et il ne faut pas que nous regardions partout autour de nous avec l'air de chercher quelqu'un. Et surtout : pas de coup d'éclat en traître. Vous ne devez pas faire un effet lever de rideau et venir me voir pour me demander : vous êtes Leo Leike, je me trompe ? Nous devons vraiment nous laisser une chance de ne pas nous reconnaître. Ok ?

Huit minutes plus tard
RE :

Ok, ok, ok, ne vous en faites pas, monsieur le professeur de langue, je n'enfreindrai pas vos règles. Et pour éviter toute confusion, je vous propose une interdiction mutuelle de mails jusqu'à dimanche. Nous recommencerons à nous écrire une fois le rendez-vous passé, d'accord ?

40 secondes plus tard
RÉP :

D'accord.

30 secondes plus tard
RE :

Ce qui ne veut pas dire que vous devez aller faire la fête tous les soirs dans le bar lounge.

25 secondes plus tard
RÉP :

Mais non, de toute façon ce n'est pas drôle si Emmi n'est pas là pour me demander des comptes toutes les heures, juste parce qu'elle s'imagine que je pourrais y être.

20 secondes plus tard
RE :

Alors, je suis tranquille. A dimanche !

30 secondes plus tard
RÉP :

A dimanche !

40 secondes plus tard
RE :

Et n'oubliez pas de vous brosser les dents !

25 secondes plus tard
RÉP :

Emmi, il faut toujours que vous ayez le dernier mot, je me trompe ?

35 secondes plus tard
RE :

Avec vous, oui. Mais si vous me répondez une dernière fois, je vous le laisse.

40 minutes plus tard
RÉP :

Postface sur mon pyjama. J'ai écrit : « Il faut le voir et le toucher. » Vous répondez que, prononcée par quelqu'un d'autre, cette phrase aurait été de la drague maladroite. Je m'insurge. J'exige qu'à l'avenir vous reconnaissiez que ma drague maladroite est de la drague maladroite, comme vous le feriez pour un autre. Laissez-moi être aussi maladroit que je le suis. Pour en revenir à mon pyjama : vous devriez vraiment le toucher, c'est une sensation exceptionnelle. Donnez-moi votre adresse, je vous enverrai un échantillon. (Toujours maladroit ?) Bonne nuit !

Deux jours plus tard
Objet : Discipline

Bravo, Emmi, vous êtes disciplinée ! A après-demain au café Huber. Votre Leo.

Trois jours plus tard
Pas d'objet

Bonjour Leo, vous y étiez ?

Cinq minutes plus tard
RÉP :

Bien sûr !

50 secondes plus tard
RE :

Merde ! C'est bien ce que je craignais.

30 secondes plus tard
RÉP :

Que craigniez-vous, Emmi ?

Deux minutes plus tard

RE :

Tous les hommes qui auraient pu être Leo Leike étaient inadmissibles, je veux dire, visuellement parlant. Je suis désolée, cela semble peut-être brutal, mais je dis les choses comme elles sont. Leo, soyez honnête : étiez-vous hier au café Huber entre trois et cinq heures ? Pas caché dans les toilettes ou retranché dans l'immeuble d'en face, mais au bar ou dans la salle, debout ou assis, accroupi ou à genoux, peu importe ?

Une minute plus tard

RÉP :

Oui, Emmi, j'étais là. Si je puis me permettre, quels hommes auraient pu, selon vous, être Leo Leike ?

Douze minutes plus tard

RE :

Cher Leo, je suis horrifiée à l'idée d'entrer dans les détails. Dites-moi juste, je vous en prie : vous n'étiez pas, par hasard, le – aahh, comment dire –

l'homme plutôt trapu, recouvert sur tout le corps de poils hirsutes comme ceux d'une brosse métallique, avec un tee-shirt autrefois blanc et autour des hanches une imitation de pull-over de ski violet, qui buvait au coin du bar un campari ou quelque chose de rougeâtre dans le même genre ? Je veux dire, si c'était vous, pas de problème, les goûts et les couleurs ne se discutent pas. Il y a bien assez de femmes pour trouver follement intéressant et très attirant un type pareil. Et je suis sûre que dans le lot, il y aura une femme pour la vie. Mais je dois l'avouer : je ne fais pas partie de ces femmes, désolée.

18 minutes plus tard
RÉP :

Chère Emmi, j'admire votre désarmante et brûlante franchise, qui se démasque d'elle-même ; mais « ne pas blesser » ne fait pas partie de vos points forts. Il est évident que l'apparence est pour vous la priorité absolue. Vous vous comportez comme si votre vie amoureuse de la prochaine décennie allait dépendre de l'attrait physique que vous trouvez à votre correspondant. Du reste, je peux vous rassurer tout de suite : le monstre poilu du comptoir n'est pas identique à ma personne. Mais n'hésitez pas à continuer vos descriptions : qui aurais-je pu être d'autre ? Et dans la foulée, une question supplémentaire : si je fais partie des hommes que vous trouvez « visuellement inadmissibles », est-ce la fin de notre échange de mails ?

13 minutes plus tard
RE :

Cher Leo, non, bien sûr que nous continuerons à nous envoyer des mails. Vous me connaissez : j'exagère beaucoup. Je me laisse emporter par quelque chose, et je n'aime pas qu'on me ramène à la réalité. Et hier, dans le bar, aucun homme ne m'a paru un tant soit peu aussi intéressant que votre manière d'écrire, cher Leo. Et c'est bien ce que je craignais : aucun des fades visages aperçus dimanche au café Huber n'a le moindre point commun avec votre façon de venir à ma rencontre par écrit, si timide, si attentive, très pertinente, soudain franche, charmante comme un ours du grésil, parfois même très sensuelle et toujours extrêmement sensible.

Cinq minutes plus tard
RÉP :

Vraiment aucun ? Peut-être ne m'avez-vous pas vu.

Huit minutes plus tard
RE :

Cher Leo, vous me redonnez espoir. Mais je ne crois pas ne pas avoir manqué quelqu'un qu'il ne fallait pas manquer. J'ai trouvé vraiment mignons les deux originaux percés qui étaient assis à la troisième table à gauche. Mais ils n'avaient pas plus de vingt ans. Un type très intéressant, peut-être le seul, était au comptoir au fond à droite, avec une mannequin, le genre vamp angélique aux jambes interminables – ils se tenaient la main. Il ne voulait voir qu'elle et ne regardait personne d'autre. Il y avait aussi un sympathique champion d'Europe d'aviron au physique de deuxième division, qui arborait malheureusement un sourire débile – non Leo, ce n'était pas vous ! Et sinon ? Des jardiniers du dimanche, un actionnaire de brasseries qui collectionnait les sous-bocks, un homme avec un attaché-case vêtu d'une veste de premier communiant, de fidèles clients des magasins de bricolage, dont les doigts ont fini par se transformer en clés à molette. D'infantiles élèves de l'école de vol à voile au regard rêveur, d'éternels petits garçons. Mais nulle part un type charismatique. D'où ma question terrifiée : qui était mon psychologue du langage ? Qui était mon Leo Leike ? L'aurais-je perdu au café Huber en ce dimanche après-midi fatidique ?

Une heure et demie plus tard
RÉP :

Sans vouloir être arrogant, chère Emmi : je savais que vous ne me reconnaîtriez pas !

40 secondes plus tard
RE :

LEO, QUI ÉTIEZ-VOUS ? DITES-LE-MOI !

Une minute plus tard
RÉP :

Nous continuerons cette conversation demain, pour l'instant j'ai un rendez-vous, chère Emmi. Et remerciez le Seigneur miséricordieux d'avoir déjà trouvé un homme pour la vie. Par ailleurs, une petite remarque timide : nous n'avons pas encore parlé de vous, l'avez-vous remarqué ? Qui était Emmi Rothner ? Je vous en dirai plus demain. Je vous embrasse, votre Leo.

20 secondes plus tard
RE :

Quoi ? Vous me laissez toute seule ? Leo, vous ne pouvez pas me faire ça ! Manifestez-vous ! Tout de suite ! S'il vous plaît !

Une demi-heure plus tard
RE :

Il ne se manifeste pas. Peut-être était-il vraiment le monstre poilu…

Chapitre trois

Objet : Cauchemar

Leo Leike, je sais !! Je viens de me réveiller en sueur ! J'ai découvert le pot aux roses ! C'était parfaitement manigancé ! Depuis le début, vous étiez sûr à 100 % que je ne vous reconnaîtrais pas. Pas étonnant : VOUS ÉTIEZ UN DES SERVEURS ! Vous êtes un ami du patron, et il vous a autorisé à jouer au serveur pendant deux heures, je me trompe ? Je sais aussi lequel des serveurs vous étiez. Il n'y en a qu'un qui puisse correspondre, les autres sont trop vieux : vous êtes le petit mince avec des lunettes rondes en écaille noire !

15 minutes plus tard
RÉP :

Et ? Déçue ? (A part ça, bonne journée.)

Huit minutes plus tard
RE :

Déçue ? Désenchantée ! Offensée ! Outragée !
Fâchée ! Vous m'avez trahie ! Je me sens trompée.
Vous aviez planifié cet horrible petit jeu depuis le
début ! C'est vous qui avez proposé de choisir le
grand café Huber comme lieu de rendez-vous. Je
suppose que tous les employés se sont amusés à mes
dépens pendant des semaines. Je trouve cela minable,
infect. Cela ne ressemble pas au Leo Leike que je
connais. Cela ne ressemble pas au Leo Leike que j'ai
appris à connaître. Cela ne ressemble pas au Leo
Leike que j'aurais voulu connaître ! Cela ne ressemble pas au Leo dont je voudrais me rapprocher ne
serait-ce que d'un millimètre. Avec ce geste, vous
avez détruit tout ce que nous avions construit pendant des mois. Bonne continuation !

Neuf minutes plus tard
RÉP :

Est-ce que je vous plais au moins, je veux dire… visuellement ?

Deux minutes plus tard
RE :

Vous voulez une réponse honnête ? Je vous la donnerai volontiers pour conclure.

45 secondes plus tard
RE :

Si cela ne vous dérange pas – ce serait très gentil.

30 secondes plus tard
RÉP :

Je ne vous trouve pas beau. Je ne vous trouve même pas laid. Je vous trouve tout à fait fade. Tout à fait ennuyeux. Inintéressant au possible. Juste : bbeeeeeeeeeuuuuuuuuuhhhhh !

Trois minutes plus tard
RÉP :

Vraiment ? C'est très brutal. Je ne peux que me réjouir de ne pas être à la place de cet homme. Et aussi de ne pas m'être glissé dans son habit de serveur. Bref : je n'étais pas ce serveur, je ne suis pas ce serveur, je ne serai bien sûr jamais ce serveur. D'ailleurs, je n'étais aucun autre serveur. Je n'étais pas un livreur ou un aide cuisinier. Je n'étais pas un policier en uniforme. Je n'étais pas non plus la dame pipi. J'étais le Leo Leike de tous les jours, client au café Huber un dimanche entre trois et cinq heures. Dommage pour votre sommeil, chère Emmi « l'apparence avant tout » Rothner. Dommage pour ce cauchemar gâché !

Deux minutes plus tard
RE :

Leo, merci !!!!!! Il me faut un whiskey.

15 minutes plus tard
RÉP :

Je propose de parler de vous, cela calmera vos nerfs. Je précise d'abord que, même si le physique d'une femme compte pour moi, il ne compte pas autant que pour vous le physique d'un homme. J'étais donc détendu et j'ai pû me rendre compte qu'à l'heure de notre rendez-vous il y avait dans le café beaucoup de femmes vraiment intéressantes, qui auraient mérité d'être Emmi Rothner.

(Je dois m'interrompre quelques instants, nous avons une conférence, en fait j'ai une activité secondaire à côté de mon emploi. Mais je ne pourrai bientôt plus me le permettre.)

Si cela vous convient, je poursuivrai dans deux heures environ. Entre-temps, vous devriez gentiment mettre de côté la bouteille de whiskey…

10 minutes plus tard
RE :

1. Je ne comprends toujours pas comment quelqu'un capable de construire par mail une intimité telle qu'il arrive à deviner les attitudes les plus personnelles d'Emmi (comme boire du whiskey), je ne comprends pas que quelqu'un qui écrit comme cela puisse ressembler à un des hommes que j'ai vu de mes propres yeux au café Huber ! Voilà pourquoi je vous repose la question, cher Leo : serait-il possible que je ne vous ai pas vu ? Dites oui, je vous en prie ! Je ne veux pas que vous fassiez partie d'une

des catégories d'hommes que j'ai citées hier. Ce serait dommage pour vous !

2. Peut-être n'y avait-il pas tant de femmes « vraiment intéressantes » que ça dans le café. Mister Leike s'intéresse peut-être vraiment beaucoup à vraiment beaucoup de femmes.

3. Pourtant, j'échangerais volontiers ma place avec la vôtre. Vous pouvez choisir dans cet assortiment « vraiment intéressant » l'Emmi Rothner qui correspond à vos envies, à votre humeur et à votre imagination. Alors que moi, je dois accepter un Leo que dans le meilleur des cas je n'aurais pas vu, ce qui n'est pas exactement un gage de qualité.

4. Vous n'avez visiblement aucune idée de qui je suis.

Bien, maintenant à vous, Leo !

Deux heures plus tard
RÉP :

Merci Emmi, enfin revoilà un programme rothnerien en plusieurs points. Puis-je aller tout de suite au point 4. ? Vous vous trompez, quand vous dites que je n'ai aucune idée de qui vous êtes. Toutefois, je dois avouer que je n'en suis pas tout à fait sûr. Il y a trois possibilités. Je suis persuadé que vous êtes l'une de ces trois femmes. Voyez-vous un inconvénient à ce que j'utilise des lettres majuscules au lieu des chiffres, pour que cela ne ressemble pas trop à une remise des prix sur un podium ? Voici mes candidates :

A. Le prototype, l'Emmi originelle. Debout au bar, quatrième en partant de la gauche. Environ 1,65 m, menue, brune aux cheveux courts. Presque 40 ans. Agitée, nerveuse, motricité rapide, faisait sans cesse tourner son verre de whiskey (!!), tête haute, regard dirigé du haut vers le bas. (Dissimulait un léger manque d'assurance derrière une arrogance très digne.) Pantalon, veste : excentriques, à la mode. Sac rigolo en feutre. Chaussures vertes qui semblaient avoir été désignées grandes gagnantes de ce dimanche après-midi parmi plus de 100 paires. (Pointure, environ 37 !!!). Observait les hommes comme quelqu'un qui ne veut pas être remarqué. Traits : délicats, un peu tendus. Visage : beau. Genre : désinvolte, speed, dynamique. Donc une véritable Emmi Rothner.

B. La contre-épreuve, l'Emmi blonde. A changé trois fois de place, s'est d'abord assise vers l'entrée à droite, ensuite tout au fond, puis au milieu, et enfin un court moment au bar. Très à l'aise, gestes un peu plus lents (que l'Emmi originelle). Cheveux blonds qui tombent en mèches, style années 80. Environ 35 ans. Boisson : d'abord du café, puis du vin rouge. Fumait une cigarette. (Avait l'air de la savourer sans être dépendante.) Taille : un bon 1,75 m. Mince, longues jambes. Baskets de marque rouges.

(Pointure, environ 37 !!!) Jean délavé, tee-shirt moulant noir (gros seins, si je puis me permettre cette remarque). Regardait les hommes d'un air tout à fait indifférent. Traits : détendus. Visage : beau. Genre : féminine, sûre d'elle, cool.

C. L'antitype, l'Emmi surprenante. Se promenait dans le café, s'est arrêtée plusieurs fois au bar. Très timide. Teint exotique, grands yeux en amande, regard voilé, en apparence un peu sauvage. Cheveux bruns aux épaules, dégradés devant. Environ 35 ans. Boisson : café, eau minérale. Taille : environ 1,70 m. Mince, super pantalon noir et jaune (probablement pas donné), bottines foncées souples. Grosse alliance carrée ! (Pointure environ 37 !!!) Cherchait quelque chose du regard, d'un air rêveur, paisible, mélancolique, triste. Traits : doux. Visage : beau. Genre : féminine, sensuelle, timide, craintive. Et peut-être justement pour cette raison : Emmi Rothner.

Donc, chère Emmi, voici les trois que je vous propose. Pour finir, je peux répondre à votre pressante question 1., serait-il possible que vous ne m'ayez pas vu : oui, bien sûr que vous auriez pu ne pas me voir. Mais ce n'est pas le cas, je suis désolé ! Votre Leo.

Cinq heures plus tard
RÉP :

Chère Emmi, vais-je recevoir un mail de vous aujourd'hui ? Ou souffrez-vous trop des limites de votre imagination optique ? Cela vous est-il devenu égal de savoir si je traîne toute la nuit dans les bars lounge ? (Et avec qui ?) Bonne nuit, Leo.

Le jour suivant
Objet : Mystérieux

Bon appétit, Leo. Vous m'épuisez, je n'arrive à penser à rien d'autre. Vous les avez très bien décrites, les trois ! Je suis stupéfaite, vous me surprenez toujours plus. Ah, si seulement je ne vous avais jamais vu !!! Leo, en admettant que je sois une de ces trois femmes : comment avez-vous pu observer en détail à ce point sans être tout de suite démasqué en tant qu'observateur ? Aviez-vous une caméra ? Ou autrement dit : si je suis une des trois, je dois vous avoir très bien vu. Si je vous ai très bien vu, cela confirme mes soupçons. Vous étiez l'un de ceux qui ne devraient pas être Leo Leike, parce qu'ils – désolée – puaient l'ennui.

Deuxièmement (pas de chiffres aujourd'hui, que des mots. Vous avez lancé tant de chiffres, il ne manquait plus que leurs mensurations exactes) : Pourquoi ces trois-là ?

Troisièmement : Laquelle des trois préférez-vous ?

Quatrièmement : Dites-moi qui vous étiez. S'il vous plaît ! Donnez-moi au moins un petit indice.

Amicalement, quoique de plus en plus impatiemment, votre Emmi.

Une demi-heure plus tard
RÉP :

Pourquoi ces trois-là ? Emmi, pour moi une chose est claire depuis longtemps : vous êtes ce qu'on appelle une « sacrée belle femme ». Car, enfin : vous savez que vous êtes belle. Vous le faites comprendre l'air de rien. Vous l'écrivez sans cesse entre, et parfois même sur les lignes. Une femme qui n'est pas sûre à 100 % de son effet sur les hommes ne tenterait pas un tel bluff. Vous êtes même vexée quand, en votre qualité de « femme intéressante », vous ne faites pas tout de suite oublier toutes les autres. Je vous rappelle votre 2. d'hier ; vous écrivez : « Peut-être n'y avait-il pas tant de femmes "vraiment intéressantes" que ça dans le café. Mister Leike s'intéresse peut-être vraiment beaucoup à vraiment beaucoup de femmes. » Vous pensez être la plus intéressante de toutes, et ressentez comme de l'insolence de n'être pas tout de suite reconnue comme telle. C'était donc facile : je ne devais faire attention qu'aux jolies femmes, qui d'une part avaient l'air de chercher quelqu'un (plus ou moins discrètement), et qui d'autre part chaussaient à peu près du 37. Ces trois-là correspondaient parfaitement.

Pour votre « troisièmement » : la question de savoir laquelle je préfère ne se pose pas. Toutes trois sont attirantes dans leur genre, mais toutes trois sont pour moi mariées et heureuses, ont deux enfants et, à défaut de six tamias, un chat nommé Jukebox. Toutes trois vivent pour moi dans un autre monde, dans lequel je peux jeter un coup d'œil furtif et virtuel, mais dont l'accès réel m'est à jamais interdit. Je l'ai déjà dit plusieurs fois, je préfère me représenter ma propre Emmi Rothner dans ma tête (ou sur mon écran), plutôt que de la chercher à tout prix dans la réalité, ou de regretter de ne pas la voir. Je tiens cependant à vous avouer que l'Emmi Rothner numéro 1, l'Emmi originelle, me semble la plus authentique, car c'est elle qui se rapproche le plus de celle qui m'écrit.

Pour votre « quatrièmement » : si vous avouez être l'une de mes trois Emmi, je vous donnerai un indice sur moi.

Je vous embrasse, votre Leo.

20 minutes plus tard
RE :

Très bien Leo. Mais d'abord l'indice, ensuite ma
confirmation ou mon message d'erreur !

Trois minutes plus tard
RÉP :

Avez-vous des frères et sœurs ?

Une minute plus tard
RE :

Oui, une grande sœur qui vit en Suisse. Et alors ?
C'est ça votre indice ?

40 secondes plus tard
RÉP :

Oui, c'est mon indice Emmi.

20 secondes plus tard
RE :

Mais cela n'indique rien !

Une minute plus tard
RÉP :

J'ai un grand frère et une petite sœur.

30 secondes plus tard
RE :

Passionnant Leo. Nous parlerons de cela une autre fois si cela ne vous dérange pas. Pour l'instant, je suis plutôt préoccupée par le possible frère du grand frère et de la petite sœur.

50 minutes plus tard
RE :

Allô allô, Leo, où êtes-vous ? C'est un entracte-torture ?

Huit minutes plus tard
RÉP :

Je vois très souvent ma sœur Adrienne. Nous sommes très proches. Nous nous racontons tout. Donc, chère Emmi, je vous ai donné plus qu'un indice. Pour le reste, vous devriez faire le lien toute seule. Et maintenant, dites-le-moi : étiez-vous une de mes trois « Emmi » ?

40 secondes plus tard
RE :

Leo, votre message est cryptique ! UNE allusion claire, s'il vous plaît ! Après, je vous le dirai.

30 secondes plus tard
RÉP :

Demandez-moi à quoi ressemble ma sœur.

35 secondes plus tard
RE :

A quoi votre sœur ressemble-t-elle ?

25 secondes plus tard
RÉP :

Elle est grande et blonde.

30 secondes plus tard
RE :

Aha, très bien, ok, je renonce.

Cher Leo, psychologue du langage, observateur du genre humain : JE SUIS BIEN UNE DES TROIS. Mais, bien qu'elles partagent la même pointure, on ne peut pas faire plus différentes que les trois femmes que vous décrivez. Je m'étonne que vous trouviez les trois tout aussi intéressantes et attirantes. Mais voilà bien les hommes.

Je vous souhaite une bonne fin de soirée. Je fais une pause Leo. Je dois retourner m'occuper de choses plus essentielles. Salut, Emmi.

Une heure plus tard
RÉP :

Votre mail était typique de l'Emmi originelle, numéro 1.

Cinq heures plus tard
RÉP :

Ma sœur est mannequin. Bonne nuit !

Le jour suivant
Objet : !!!!!!!

NON !

45 minutes plus tard
RÉP :

Si.

40 secondes plus tard
RE :

La mannequin genre vamp angélique aux jambes interminables ?

25 secondes plus tard
RÉP :

Est ma sœur !

Trois minutes plus tard
RE :

Et vous étiez le type qui lui tenait la main et qui la regardait d'un air énamouré.

Une minute plus tard
RÉP :

Ce n'était qu'une couverture. Pendant ce temps-là, elle a observé les femmes et m'a décrit en détail toutes celles qui pouvaient être Emmi.

40 secondes plus tard
RE :

Merde, je ne sais plus à quoi vous ressemblez ! Je ne vous ai vu que très, très furtivement.

15 minutes plus tard
RÉP :

Et pourtant, vous pensez que cet après-midi-là au café j'ai sauvé l'honneur des hommes. Comment disiez-vous déjà : « Un type très intéressant, peut-être le seul, était au comptoir au fond à droite, avec une mannequin, le genre vamp angélique aux jambes interminables. » Voilà un mail que je vais imprimer et encadrer !

Dix minutes plus tard
RE :

Ne vous faites pas trop d'idées là-dessus, mon cher. Au fond, je n'ai vu que cette froide et très belle blonde. Et je me suis dit : un type qui est avec une telle femme doit être intéressant. De vous, je sais peu de choses : vous êtes relativement grand, relativement mince, relativement jeune, relativement bien habillé. Vous avez aussi relativement des cheveux et relativement des dents, pour autant que je m'en souvienne. Ce qui m'a le plus impressionnée chez vous, c'est ce que j'ai lu dans le visage de votre soi-disant bien-aimée, votre sœur. Elle vous regardait comme on regarde quelqu'un qu'on aime et qu'on estime beaucoup. Mais cela faisait peut-être partie de la mise en scène destinée à tromper Emmi Rothner. C'était d'ailleurs très intelligent de votre part de vous pointer avec votre sœur. Je suis touchée que vous parliez de moi avec elle. J'ai un bon pressentiment. Je crois que vous êtes quelqu'un de bien, Leo ! (Et je suis très heureuse que vous ne soyez ni l'ours poilu, ni aucun des membres du cabinet des horreurs du café Huber.)

30 minutes plus tard
RÉP :

Et moi, je n'ai absolument aucune idée de ce à quoi vous ressemblez, ma chère. Je tournais le dos aux possibles Emmi repérées par Adrienne. Elle me les a décrites d'un point de vue « féminin », d'où les détails vestimentaires. En ce qui me concerne, je n'ai rien vu du tout.

Une heure plus tard
RE :

Encore une question Leo, avant de finir notre petit jeu aussi intelligemment que nous l'avons commencé : quelle « Emmi » plaît le plus à votre sœur, et laquelle pense-t-elle être la vraie ?

Dix minutes plus tard
RÉP :

Elle a dit de l'une « cela pourrait être elle ! » Elle a dit d'une autre : « c'est sûrement elle ! » Et de la troisième, elle a affirmé : « tu tomberais amoureux d'elle ! »

30 secondes plus tard
RE :

DE LAQUELLE TOMBERIEZ-VOUS AMOU-
REUX ????

40 secondes plus tard
RÉP :

Chère Emmi, vous pouvez être sûre à 100 % que
je ne répondrai JAMAIS à cette question. Je vous en
prie, épargnez-vous la fatigue d'essayer de m'arracher cette information. Bonne fin de soirée. Merci
pour ce « jeu » passionnant. Je vous aime beaucoup
Emmi ! Votre Leo.

25 secondes plus tard
RE :

De la blonde aux gros seins, je me trompe ?

50 secondes plus tard
RÉP :

Aucune chance, chère Emmi !

Une minute plus tard
RE :

Une réponse évasive reste une réponse. Donc, de la blonde aux gros seins !

Le jour suivant
Objet : Mauvaise journée

Cher Leo, avez-vous passé une bonne journée ? J'ai passé une mauvaise journée. Bonne soirée, bonne nuit. Emmi.

(PS : A quelle Emmi pensez-vous à présent, quand vous pensez à Emmi ? J'espère que vous pensez toujours à Emmi !)

Trois heures et demie plus tard
RÉP :

Quand je pense à Emmi, je ne pense à aucune des trois Emmi décrites par ma sœur, mais à la quatrième, à la mienne. Et : bien sûr que je pense toujours à Emmi. Pourquoi n'avez-vous pas passé une bonne journée ? Qu'est-ce qui s'est mal passé ? Bonne nuit, bonjour, votre Leo.

Le jour suivant
RE : Bonne journée !

Bonjour. Voyez-vous, cher Leo, c'est ainsi que commence une bonne journée ! J'ouvre ma boîte mail et elle clignote pour m'annoncer un mail de Leo Leike. Hier : mauvaise journée. Pas de mail de Leo. Rien du tout. Rien de rien du tout. Pas le plus petit signe de Leo. Quel genre de journée cela peut-il être ? Leo, il faut que je vous dise quelque chose : je crois que nous devrions arrêter. Je deviens accro à vous. Je ne peux pas passer mes journées à attendre un mail d'un homme qui me tourne le dos quand il me voit, qui ne veut pas me rencontrer, qui ne veut de moi que des mails, qui utilise mes mots pour se bricoler une femme de sa création, parce que les femmes qu'il rencontre en vrai doivent le faire souffrir atrocement. Je ne peux pas continuer comme cela. C'est frustrant. Comprenez-vous Leo ?

Deux heures plus tard
RÉP :

OK, je vous comprends. J'ai quatre questions, calquées sur le schéma rothnerien :

1. Voulez-vous me rencontrer personnellement ?
2. Pour quoi faire ?

3. Où cela va-t-il nous mener ?
4. Votre mari doit-il être mis au courant ?

30 minutes plus tard
RE :

Pour le 1. Si je veux vous rencontrer personnellement ? Bien sûr que je veux vous rencontrer personnellement. Mieux vaut personnellement qu'impersonnellement, non ?

Pour le 2. Pour quoi faire ? Je ne le saurai qu'une fois que nous nous serons rencontrés.

Pour le 3. Où cela va-t-il nous mener ? Là où cela nous mènera. Si cela ne nous y mène pas, c'est que cela ne doit pas nous y mener. Donc, cela nous mènera là où cela doit nous mener.

Pour le 4. Si mon mari doit être mis au courant ? Je le saurai quand je saurai où cela nous a menés.

Cinq minutes plus tard
RÉP :

Vous seriez donc prête à tromper votre mari ?

Une minute plus tard
RE :

   Qui a dit ça ?

40 secondes plus tard
RÉP :

   C'est ce que je déduis.

35 secondes plus tard
RE :

   Faites attention à ne pas trop déduire.

Deux minutes plus tard
RÉP :

   Qu'est-ce qui vous manque chez votre mari ?

15 secondes plus tard
RE :

   Rien. Rien du tout. Pourquoi pensez-vous que
quelque chose me manque ?

50 secondes plus tard
RÉP :

C'est ce que je déduis.

30 secondes plus tard
RE :

De quoi le déduisez-vous ? (Vous commencez à m'agacer un peu avec votre psychologie du langage déductive.)

10 minutes plus tard
RÉP :

Je le déduis de votre manière de me faire comprendre que vous attendez quelque chose de moi. Vous ne saurez quoi que lorsque vous m'aurez rencontré. Mais il est incontestable que vous voulez quelque chose. Ou, en d'autres termes : vous cherchez quelque chose. Une aventure, disons. Si quelqu'un cherche une aventure, c'est que sa vie en est dépourvue. Je me trompe ?

Une heure et demie plus tard
RE :

Oui, je cherche quelque chose. Je cherche un ecclésiastique pour m'expliquer ce que veut dire tromper son mari. Ou du moins ce qu'en pense un ecclésiastique qui n'a jamais trompé sa femme, non seulement parce qu'il n'a personne avec qui la tromper, mais surtout parce qu'il n'a pas de femme, excepté la vierge Marie. Leo, s'il vous plaît, nous ne sommes pas dans *Les Oiseaux se cachent pour mourir* ! Je ne cherche aucune « aventure » avec vous. Je veux juste voir qui vous êtes. Je veux pouvoir regarder dans les yeux mon confident de mails. Si pour vous cela s'appelle « tromper », alors je reconnais que je suis une femme adultère en puissance.

20 minutes plus tard
RÉP :

Et pourtant, vous n'en diriez rien à votre mari par mesure de précaution.

15 minutes plus tard
RE :

Leo, je n'aime pas quand vous devenez moralisateur ! Soyez-le pour vos affaires, cela me va très bien, mais pas pour les miennes. Etre mariée et heureuse ne veut pas dire établir chaque jour un compte rendu détaillé de tous ses rendez-vous pour son époux. Si je le faisais, Bernhard s'ennuierait à mourir.

Deux minutes plus tard
RE :

Donc, vous ne parleriez pas de notre rencontre à votre Bernhard par peur de l'ennuyer à mourir ?

Trois minutes plus tard
RE :

Comme vous écrivez « votre Bernhard », Leo ! Je n'y peux rien si mon mari a aussi un prénom. Cela ne veut pas dire qu'il m'appartient, qu'il est enchaîné à mes côtés 24h/24, et que je lui caresse en permanence la tête en gloussant de temps à autre : « Mon Bernhard ! » Leo, je crois que vous n'avez vraiment aucune idée de ce qu'est un mariage.

Cinq minutes plus tard
RÉP :

Emmi, pour l'instant je n'ai pas dit un seul mot sur le mariage. Du reste, vous n'avez pas répondu à ma dernière question. Mais comment disiez-vous déjà ? Une réponse évasive reste une réponse.

Dix minutes plus tard
RE :

Cher Leo, il est temps de clore le sujet. D'ailleurs, c'est VOUS qui me devez une réponse à la question la plus importante. Mais je veux bien la poser encore une fois : Leo, voulez-vous me rencontrer ? Si oui, faites-le ! Si non, alors expliquez-moi à quoi rime tout cela, comment cela doit continuer, ou plutôt si cela doit continuer.

20 minutes plus tard
RÉP :

Pourquoi ne pouvons-nous pas continuer à discuter par écrit, comme nous l'avons fait jusqu'ici ?

Deux minutes plus tard
RE :

Je n'arrive pas à le croire : il ne veut vraiment pas me rencontrer ! Leo, vous êtes incorrigible, peut-être suis-je la blonde aux gros seins !

30 secondes plus tard
RÉP :

Et qu'est-ce que cela m'apporterait ?

20 secondes plus tard
RE :

Vous pourriez les regarder.

35 secondes plus tard
RÉP :

Et cela vous plairait ?

25 secondes plus tard
RE :

A moi non, mais à vous oui ! Cela plaît à tous les hommes, surtout à ceux qui ne veulent pas l'avouer.

50 secondes plus tard
RÉP :

Je préfère les dialogues comme celui-ci.

30 secondes plus tard
RE :

Ahah, un grand complexé adepte de l'érotisme verbal.

Trois minutes plus tard
RÉP :

C'était une bonne conclusion, Emmi. Malheureusement, je dois sortir. Je vous souhaite une bonne soirée.

Quatre minutes plus tard
RE :

Aujourd'hui, nous avons échangé 28 mails, Leo.
A quoi cela a-t-il servi ? A rien. Quelle est votre
devise ? Le détachement. Quelle est votre conclusion ? Vous me souhaitez une « bonne soirée ».
Nous en sommes à peu près au niveau de « joyeux
Noël et bonne année de la part d'Emmi Rothner ».
En bref : après avoir échangé une centaine de mails
et avoir mené à bien de manière toute professionnelle
un rendez-vous-où-il-ne-fallait-pas-se-rencontrer, nous
ne nous sommes pas rapprochés d'un millimètre.
Notre relation d' « intimes étrangers » ne se main-
tient qu'à cause de l'exorbitante énergie que nous
avons investie et investissons encore en elle. Leo.
Leo. Leo. Dommage. Dommage. Dommage.

Une minute plus tard
RÉP :

Si je ne vous envoie aucun mail de la journée,
vous vous plaignez. Et si je vous envoie 14 mails en
cinq heures, vous vous plaignez aussi. J'ai l'impression que je ne peux pas vous contenter, chère
Emmi.

20 secondes plus tard
RE :

Pas par mail !!! Bonne soirée, monsieur Leike.

Quatre jours plus tard
Pas d'objet

Coucou ! Bises, Emmi.

Le jour suivant
Pas d'objet

Leo, si c'est une tactique, elle est méchante ! Allez vous faire voir. Je ne vous écrirai plus. Salut.

Cinq jours plus tard
Pas d'objet

Vous avez bien l'électricité Leo, non ?

Je commence à me faire du souci pour vous. Ecrivez-moi au moins « Bêêêê ! »

Trois minutes plus tard
RÉP :

OK, Emmi, je veux bien vous rencontrer. Etes-vous toujours d'accord ? Quand ? Aujourd'hui ? Demain ? Après-demain ?

15 minutes plus tard
RE :

Tiens tiens, le disparu ! Et il est tout d'un coup très pressé de me rencontrer. Oui, peut-être que je suis toujours d'accord. Mais avant, expliquez-moi pourquoi vous ne vous êtes pas manifesté pendant une semaine et demie ? Et j'espère que vous avez une bonne explication !!

Dix minutes plus tard
RÉP :

Ma mère est morte. Bonne explication ?

20 secondes plus tard
RE :

Merde. Vraiment ? De quoi ?

Trois minutes plus tard
RÉP :

Dans l'ensemble, de malchance. A l'hôpital, ils ont dit « tumeur maligne ». Heureusement, c'est allé assez vite. Physiquement, elle n'a pas eu le temps de beaucoup souffrir.

Une minute plus tard
RE :

Etiez-vous auprès d'elle quand elle est morte ?

Trois minutes plus tard
RÉP :

Presque. J'étais avec ma sœur dans la salle d'attente. Les médecins pensaient que ce n'était pas le bon moment pour aller la voir. Je me demande quel « meilleur moment » ils auraient pu trouver.

Cinq minutes plus tard
RE :

Etiez-vous très proche d'elle ? (Je suis désolée,

Leo, on pose toujours les mêmes questions dans ces cas-là.)

Quatre minutes plus tard
RÉP :

Il y a encore une semaine, je vous aurais répondu : non, je n'étais pas du tout proche d'elle. Aujourd'hui, je me demande ce qui me dévore l'estomac, si ce n'est pas cette « proximité ». Mais je ne veux pas vous ennuyer avec mes histoires de famille Emmi.

Six minutes plus tard
RE :

Vous ne m'ennuyez pas, Leo. Voulez-vous que nous nous voyions pour en parler ? Je suis peut-être la personne qu'il vous faut dans cette situation. Totalement hors de votre vie – et pourtant proche de vous. Oublions pour une fois les apparences – et donnons-nous rendez-vous comme de bons vieux amis.

Dix minutes plus tard
RÉP :

D'accord, je vous remercie Emmi ! Pouvons-nous nous voir ce soir ? Mais je vous préviens. Mon « manque d'humour » a atteint de nouveaux sommets.

Trois minutes plus tard
RE :

Cher, cher Leo, je suis désolée, je ne peux pas ce soir. Mais demain soir ! Vers 19 heures ? Dans un café du centre-ville ?

Huit minutes plus tard
RÉP :

Demain, c'est l'enterrement. Mais à 19 heures il devrait être terminé. Je vous envoie un mail vers 17 heures. Ensuite, nous déciderons du lieu exact de notre rendez-vous. D'accord ?

Dix minutes plus tard
RE :

Oui, Leo, ça marche. J'aimerais vous dire quelque chose de réconfortant. Mais cela sonnerait peut-être comme « joyeux Noël et bonne année ». Donc, je préfère m'abstenir. Je pense bien à vous. J'imagine dans quel état vous devez être. Je n'ose même pas vous souhaiter une bonne nuit. Car il est certain que cette nuit ne sera pas bonne. Mais demain soir, j'espère être un soutien pour vous. A bientôt, Emmi ! (Malgré ces tristes circonstances : je me réjouis de vous voir !)

Cinq minutes plus tard
RÉP :

Je me réjouis aussi ! Leo.

Le jour suivant
Objet : Annulation

Chère Emmi, malheureusement je dois annuler notre rendez-vous de ce soir. Je vous expliquerai pourquoi demain. Je vous en prie, ne m'en voulez pas. Et merci d'avoir été là pour moi. Cela compte beaucoup dans l'estime que je vous porte ! Bises, Leo.

Deux heures plus tard
RE :

D'accord. Emmi.

Le jour suivant
Objet : Marlene

Chère Emmi, j'ai passé la soirée d'hier avec Marlene, mon ancienne compagne. Elle était aussi à l'enterrement. Elle aimait beaucoup ma mère, qui le lui rendait bien. C'était important pour moi de parler de tout cela avec elle. Elle est une clé qui peut ouvrir des portes sur mon encombrante histoire familiale. Elle avait aussi avec ma mère le lien qui me manquait. Marlène allait mal hier. C'est moi qui ai dû la consoler. J'étais heureux d'endosser ce rôle. Je ne supporte pas qu'on s'apitoie sur moi. J'aime autant m'apitoyer sur quelqu'un. (Parfois sur moi-même, mais je préfère garder cela secret.) J'espère que vous ne m'en voulez pas de vous avoir « posé un lapin ». De plus, je me suis dit : Leo, pourquoi attirer dans cette histoire une femme qui n'a absolument rien à voir avec ton passé ? Et je ne voulais pas non plus que vous me voyiez tel que je me donne à voir en ce moment. Je veux être en meilleur état lorsque nous nous rencontrerons. J'espère que vous me comprenez, Emmi. Je vous remercie encore une fois d'avoir été là pour moi. C'était une très grande preuve de confiance. Je vous embrasse, Leo.

Trois heures plus tard
RE :

Pas de problème. Bises, Emmi.

Cinq minutes plus tard
RÉP :

Si, il y a un problème vu la façon dont vous écrivez « pas de problème » ! Qu'est-ce qu'il y a Emmi ? Ressentez-vous mon annulation comme un manque de respect ? Avez-vous l'impression que je me suis servi de vous (pour finir par ne pas vous utiliser) ?

Deux heures et demie plus tard
RE :

Non non, Leo. Je suis juste très occupée, voilà pourquoi je suis aussi brève.

Huit minutes plus tard
RÉP :

Je ne vous crois pas. Je vous connais, Emmi. Dans un certain sens, je vous connais. Bizarrement, je commence à avoir mauvaise conscience à l'idée que je vous ai vexée, alors que vous savez très bien que ce n'est pas du tout légitime de votre part.

Quatre minutes plus tard
RE :

Ne tournez pas autour du pot Leo : avez-vous au moins réussi à la consoler ? Se passe-t-il de nouveau quelque chose avec Marlene ?

Huit minutes plus tard
RÉP :

Ah, c'est ça ! Bien sûr ! Leo Leike ose voir son ex après l'enterrement de sa mère. Emmi Rothner, qui en général ne ménage pas ses efforts pour faire passer Monsieur Leike pour un théologien moraliste, flaire soudain la déchéance morale. Je peux en rajouter une couche, chère Emmi. Je vous avoue que, six heures après l'enterrement de ma mère, j'ai été à deux doigts de coucher avec mon ex. J'espère que vous êtes aussi choquée que cette révélation le demande ! Bonne soirée.

Trois minutes plus tard
RE :

Expliquez-moi comment on peut avoir été « à deux doigts » de coucher avec quelqu'un. Et surtout pourquoi, « à deux doigts », on ne l'a pas fait. J'en suis persuadée : cela n'arrive qu'aux hommes. Vous avez dû croire que, votre ex étant triste, vous pourriez la « consoler sur l'oreiller ». Mais juste avant, elle s'en est rendu compte et vous a chuchoté à l'oreille : « Leo, non, cela nous ferait du mal. Cela briserait toute la confiance que nous avons reconstruite ce soir. » Et vous vous êtes dit : dommage, dommage, à deux doigts…

15 minutes plus tard
RÉP :

Vous savez, chère Emmi, je trouve sensationnels le naturel et la ténacité avec lesquels vous me demandez des comptes, à propos d'affaires privées qui sont très loin de vous concerner. Et l'assurance avec laquelle, au moment le plus infortuné, vous faites preuve de mauvais goût, et aspirez à réduire les autres à ce qui semble vous venir toujours en premier à l'esprit : sexe. Sexe. Sexe. Je commence à me demander pourquoi vous êtes comme cela.

Huit minutes plus tard
RE :

Cher Leo, avec tout le respect que je dois à votre deuil : qui s'est vanté d'avoir été « à deux doigts » de coucher avec quelqu'un ? Vous ou moi ? Leo, je suis désolée, mais je vois ce genre de scène de à-deux-doigts-de-coucher comme si j'y étais. J'en ai trop souvent vécues, et j'ai trop d'amies qui en vivent encore tout le temps – et qui en souffrent. Si cela s'est passé différemment entre Marlène et vous, je vous prie de m'excuser. D'ailleurs, un homme de votre sensibilité devrait savoir qu'une femme de ma sensibilité se sent rejetée par l'annulation de dernière minute pour « raisons d'ex ». Oui, Leo, je me sens brutalement rejetée. Je ne suis pas n'importe qui, même pas pour vous. Avec l'expression de ma considération distinguée, Emmi.

Le jour suivant
Objet : Emmi

Non, Emmi, vous n'êtes pas n'importe qui. Si quelqu'un n'est pas n'importe qui, c'est bien vous. Et surtout pas pour moi. Vous êtes comme une deuxième voix en moi, qui m'accompagne au quotidien. Vous avez fait de mon monologue intérieur un dialogue. Vous enrichissez ma vie spirituelle. Vous remettez en question, vous insistez, vous parodiez, vous vous opposez à moi. Je vous suis reconnaissant pour votre esprit, pour votre charme, pour votre vivacité, et même pour votre « mauvais goût ».

Mais, Emmi, vous n'avez pas le droit d'essayer d'être ma conscience ! Et pour revenir à un de vos sujets préférés : cela devrait vous être égal de savoir quand, à quelle fréquence, comment et avec qui je couche. Je ne vous demande pas comment cela se passe au lit avec votre Bernhard. Pour être honnête : cela ne m'intéresse pas du tout. Cela ne veut pas dire que je ne me fais pas, parfois, de vous, des représentations érotiques. Mais je suis prudent, je les tiens loin de vous, je ne veux pas vous les imposer. Elles sont en moi et elles y restent. Nous ne devons pas commencer à faire intrusion dans la sphère privée de l'autre. Cela ne peut mener à rien.

Emmi, les quelques mots en apparence insigni-
fiants que j'ai échangés avec vous sur la mort de ma
mère m'ont fait un bien fou. La deuxième voix en
moi était revenue, celle qui me pose « mes » questions manquantes, qui me donne « mes » réponses
que j'attendais, qui brise et infiltre sans cesse ma
solitude. J'ai eu, tout de suite, le vœu pressant de
vous laisser m'approcher, de vous avoir tout près de
moi. Si vous aviez eu le temps le soir même, c'est ce
qui serait arrivé. Aujourd'hui, tout serait différent
entre nous. Il ne resterait plus aucun secret, les mys-
tères seraient éclaircis. Juste après vous avoir dit
bonjour, je vous aurais mis sur les épaules un sac à
dos lourd du poids de mes histoires familiales, sous
la charge duquel nous aurions tous deux plié les
genoux. Plus de magie, plus d'illusions. Nous
aurions parlé, parlé et parlé, jusqu'à avoir « tout
dit », et après ? Désenchantement, quoi d'autre.
Comment maîtriser l'immédiateté de la rencontre,
quand on ne l'a pas préparée ? Comment nous serions-
nous regardés ? Qu'aurions-nous soudain vu dans
l'autre ? Comment nous écririons-nous aujourd'hui ?
Qu'écririons-nous ? Nous écririons-nous encore ? Emmi,
j'ai tout simplement peur de perdre ma « deuxième
voix », la voix d'Emmi. Je veux la conserver. Je
veux la traiter avec prudence. Elle m'est devenue
indispensable. Votre Leo.

Trois minutes plus tard
RE :

Pour renouer avec un de mes thèmes préférés : je suis désolée – CELA NE M'EST PAS ÉGAL DE SAVOIR QUAND, À QUELLE FRÉQUENCE, COMMENT ET AVEC QUI VOUS COUCHEZ ! Si quelqu'un me choisit pour être sa « deuxième voix », alors j'ai voix au chapitre quand il s'agit de juger quand, à quelle fréquence, comment et avec qui il couche, et si c'est approprié. (D'ailleurs je dois ajouter que jusqu'ici je me suis assez peu intéressée à « comment », cher Leo. Mais je peux y remédier.) Bien, maintenant je vous laisse avec votre voix solo. La suite demain. Bisous, Emmi.

Une heure et demie plus tard
RÉP :

Puis-je être cynique, très chère Emmi ? Admettons que je sois le « monstre poilu » du café Huber : cela ne vous serait-il pas égal de savoir quand, à quelle fréquence, comment et avec qui je couche ? Ou autrement dit : cela ne vous importe-t-il pas juste parce que… etc., parce que, dans vos mails, vous cherchez en moi un homme idéal, et que – malgré le bonheur de l'amour matrimonial avec Bernhard – il vous importe forcément de savoir quand et avec qui il… etc. ? Cela confirmerait ma théorie, que nous sommes chacun la voix de l'imagination de l'autre. N'est-ce pas assez beau et précieux pour en rester là ?

Le jour suivant
Objet : Première réponse

Cher Leo, savez-vous ce que je déteste vraiment chez vous ? Vos formulations quand il s'agit de mon mari. « Malgré le bonheur de l'amour matrimonial avec Bernhard » – on peut savoir ce que ça veut dire ? « Bonheur de l'amour matrimonial » sonne (exprès bien sûr !) comme « mise en œuvre du devoir matrimonial de l'acte sexuel ». Ou : « Rapports sexuels réguliers avec échanges de fluides correspondants, sanctionnés par un officier d'état civil. » Cher Leo, vous vous moquez de mon mariage ! Je suis très susceptible sur ce sujet. Arrêtez !

45 minutes plus tard
RÉP :

Emmi, vous ne parlez que de sexe. C'est pathologique !

Une heure plus tard
RE :

Je n'ai même pas encore commencé à parler de sexe, cher ami. Hier, vous-même avez lancé quelques remarques notables sur le sujet. Par exemple l'histoire des « représentations érotiques », où vous avez besoin de deux négations pour me dire que cela ne signifie pas que vous n'en avez jamais eu de moi. C'est bien du Leo ! Un autre aurait dit : « Emmi, je pense parfois à vous de façon érotique ! » Leo Leike dit : « Emmi, cela ne veut pas dire que je ne pense jamais à vous de façon érotique. » Et vous vous demandez pourquoi je ne lâche pas le sujet ? Ce n'est pas moi qui ai un comportement pathologique, c'est vous qui utilisez depuis le début l'érotisme verbal, cher Leo ! En bref : je ne gobe pas vos abstraites considérations ecclésiastiques sur le sexe. Car enfin, que fait le bon Leo avec ses représentations érotiques à double négation ? Citation : « Je suis prudent, je les tiens loin de vous, je ne veux pas vous les imposer. » Il ne veut pas me les imposer ? Là, Emmi se demande ce que sont ces intolérables images. Qu'il n'hésite pas à m'en dire plus.

20 minutes plus tard
RE :

Ah oui, autre chose, maître Leo. Vous avez écrit hier « nous ne devons pas commencer à faire intrusion dans la sphère privée de l'autre ». Je vais vous dire quelque chose : ce que nous faisons ici, ce dont nous parlons ici, concerne la sphère privée, la sphère privée et rien que la sphère privée, depuis le premier mail, et de plus en plus jusqu'à aujourd'hui. Nous n'écrivons rien sur notre travail, ne dévoilons pas nos intérêts, n'évoquons pas un seul hobby, nous faisons comme si la culture n'existait pas, nous n'abordons pas la politique, et nous ne discutons pas même de la météo. La seule chose dont nous parlons, et qui nous fait oublier tout le reste : nous faisons intrusion dans la sphère privée, vous dans la mienne, moi dans la vôtre. Il ne s'agit même plus d'une intrusion. Il faut que vous commenciez à vous avouer que nous partageons « l'intimité de notre sphère privée », et exceptionnellement cela prend un tout autre sens que mon soi-disant sujet préféré. Je dirais même que cela va beaucoup plus loin. Bonne soirée, Emmi.

Une heure et demie plus tard
RÉP :

Chère Emmi, savez-vous ce que MOI je déteste vraiment chez vous ? Vos continuels « monsieur Leo », « maître Leo », « professeur Leo », « monsieur le psychologue du langage », « monsieur le théologien moraliste ». Faites-moi une faveur. Tenez-vous-en à « Leo ». Vos sarcastiques messages n'en seront pas moins réussis, vifs et pertinents. Je vous remercie de votre compréhension ! Leo.

Dix minutes plus tard
RE :

Beeeeuuuh ! Je ne vous aime pas aujourd'hui !

Une minute plus tard
RÉP :

Moi non plus je ne m'aime pas aujourd'hui.

30 secondes plus tard
RE :

D'accord, je dois avouer que ce message était très mignon !

20 secondes plus tard
RÉP :

Merci.

15 secondes plus tard
RE :

De rien.

Une heure et demie plus tard
RÉP :

Vous dormez déjà ?

Trois minutes plus tard
RE :

Rarement avant vous. Bonne nuit !

30 secondes plus tard
RÉP :

Bonne nuit.

40 secondes plus tard
RE :

Pensez-vous beaucoup à votre mère ? J'aimerais pouvoir vous réconforter un peu.

30 secondes plus tard
RÉP :

C'est ce que vous venez de faire, chère Emmi. Bonne nuit.

Chapitre quatre

Trois jours plus tard
Objet : La pause est finie !

Chère Emmi, nous avons fait une pause de trois jours sans mails. Je trouve que nous pourrions nous y remettre. Je vous souhaite une bonne journée de travail. Je pense beaucoup à vous, le matin, le midi, le soir, la nuit, entre-temps, à chaque fois un peu avant et un peu après – et aussi pendant. Je vous embrasse, Leo.

Dix minutes plus tard
RE :

M. (Ma, Maî, Maît…) cher Leo. VOUS avez fait une pause sans mails, pas moi ! Je vous ai observé avec attention pendant que vous faisiez votre pause.

Et j'ai attendu que vous y mettiez fin. J'ai attendu avec beaucoup d'impatience. Mais cela s'est révélé payant. Vous êtes revenu et vous pensez à moi, c'est bien ! Comment allez-vous ? Avez-vous le temps et l'envie de boire avec moi un verre de vin tard ce soir ou tôt cette nuit ? Séparément, bien sûr. Donc vous et l'Emmi imaginaire. Et moi et le Leo virtuel. Et en même temps, nous nous écrirons quelques mots. Voulez-vous ?

Huit minutes plus tard
RÉP :

Oui, Emmi, nous pouvons faire cela. Votre B. (Be, Ber, Bernh…), votre mari n'est-il pas là ce soir ?

Trois minutes plus tard
RE :

Cela vous amuse de poser ce genre de question, je me trompe ? Vous donnez toujours un peu l'impression de vouloir me punir d'être mariée et heureuse. Si, Bernhard est là. Soit il est dans son bureau et prépare sa journée de demain. Soit il est assis sur son canapé et lit. Ou alors il est allongé dans son lit

et dort. A minuit, en général, c'est la troisième proposition. Ma réponse vous suffit-elle ?

Six minutes pus tard
RÉP :

Oui, elle me suffit, merci ! Quand vous parlez de
votre mari, Emmi, vous donnez toujours un peu
l'impression de vouloir me montrer à quel point on
peut être séparés et indépendants, quand on est
marié et heureux, ou bien qu'on le soit, ou justement parce qu'on l'est. Vous n'écrivez pas « dans le
bureau » mais « dans SON bureau ». Il n'est pas
assis « dans notre canapé » mais « dans SON
canapé ». Oui, il n'est même pas allongé « dans
notre lit », il est allongé « dans SON lit ».

Quatre minutes plus tard
RE :

Cher Leo, vous n'allez pas me croire, mais chacun de nous a en effet sa propre chambre, son propre canapé et, oui, jusqu'à son propre lit. C'est
drôle, mais chacun a même sa propre vie. Etes-vous
choqué ?

25 secondes plus tard
RÉP :

Pourquoi habitez-vous ensemble alors ?

18 minutes plus tard
RE :

Leo, vous êtes mignon ! Naïf comme un garçon de vingt ans. Les portes de nos bureaux n'arborent pas de panneaux « entrée interdite », et l'accès à nos canapés n'est pas « refusé aux personnes non-autorisées ». Nos lits ne sont pas non plus surmontés d'un écriteau dissuasif « attention, ça mord ! » En bref : chacun a son royaume, mais chacun est chaleureusement invité à pénétrer dans celui de l'autre, ou, comme nous le formulions il y a peu, à « faire intrusion dans sa sphère privée ». C'est bon ? Autre chose à apprendre sur le mariage ?

30 secondes plus tard
RÉP :

Et quel âge ont les enfants ?

35 minutes plus tard
RE :

Fiona a seize ans, Jonas onze. Et « mon Bernhard » est plus vieux que moi. Bien, cher Leo, c'est
la fin de la minute famille ! J'aimerais tenir les
enfants hors de notre discussion. Il y a quelques
mois, vous m'avez écrit que bavarder avec moi était
pour vous une sorte de « thérapie pour vous remettre de Marlene ». (Bien sûr, je ne sais pas si c'est
toujours le cas, peut-être pourriez-vous me le dire à
l'occasion !) Pour moi vous écrire et vous lire est un
« temps mort » dans ma vie familiale. Oui, c'est une
petite île isolée de mon univers quotidien, une
petite île sur laquelle j'aime beaucoup m'attarder
seule avec vous, et j'espère que cela ne vous dérange
pas.

Cinq minutes plus tard
RE :

Cela ne me dérange pas, Emmi ! Parfois la curiosité m'assaille, je voudrais savoir ce qui se passe chez
vous, en dehors de notre vague petite île, à quoi ressemble votre existence bien établie sur la terre
ferme, à l'abri dans le port paisible du mariage
(excusez-moi, cela passait simplement trop bien).

Mais c'est bon, je suis redevenu une île. Alors, allons-nous boire notre verre de vin ? Minuit, est-ce trop tard pour vous ?

Deux minutes plus tard
RE :

Minuit, c'est parfait ! Je me réjouis à l'avance de notre rendez-vous.

20 secondes plus tard
RÉP :

Moi aussi. A tout à l'heure.

Minuit
Pas d'objet

Chère Emmi, c'est Leo, il vous souhaite une minuit de rêve à deux, rien que pour nous. Puis-je vous prendre dans mes bras, Emmi ? Puis-je vous embrasser ? Je vous embrasse. Bien, et maintenant buvons. Que buvez-vous ? Je bois du Sauvignon Visintini, Colli Orientali del Friuli 2003. Et vous ? Ecrivez-moi maintenant, Emmi, tout de suite, d'accord ? Que boit Emmi ? Je bois du vin blanc.

Une minute plus tard
RE :

Ce n'est pas votre premier verre, Leo !

Huit minutes plus tard
RÉP :

Ah, Emmi me répond. Emmi. Emmi. Emmi. Je suis un peu ivre, mais juste un peu. J'ai bu toute la soirée en attendant minuit, l'heure où Emmi vient me voir. Oui, c'est vrai. Ce n'est pas ma première bouteille. J'ai le mal de mon Emmi. Voulez-vous venir chez moi ? Nous n'aurons qu'à éteindre la lumière. Pas besoin de nous voir. Je veux juste vous sentir, Emmi. Je fermerai les yeux. Toute cette histoire avec Marlene, cela n'a aucun sens. Nous nous rendons exsangues. Nous ne nous aimons pas. Elle croit que si, mais nous ne nous aimons pas, ce n'est pas de l'amour, ce n'est que de la soumission, ce n'est que de la possession. Marlene ne veut pas me laisser partir, et moi je ne peux pas la retenir. Je suis un peu ivre. Pas trop. Venez-vous chez moi, Emmi ? Allons-nous nous embrasser ? Ma sœur dit que vous êtes magnifique Emmi, qui que vous soyez. Avez-vous déjà embrassé un étranger ? Je bois une gorgée de vin du Frioul. Je bois à nous. Je suis déjà un peu ivre. Mais pas beaucoup. Et maintenant c'est à vous, écrivez-moi, Emmi. Ecrire, c'est comme embrasser, mais sans les lèvres. Ecrire, c'est embrasser avec l'esprit. Emmi, Emmi, Emmi.

Quatre minutes plus tard
RE :

Eh bien, je m'étais imaginé autrement notre premier rendez-vous de minuit. Leo, bourré ! Mais cela a son charme. Savez-vous quoi, Leo ? Je vais faire bref, vous avez sans doute un peu de mal à distinguer les lettres. Si vous en avez envie, et si vous y arrivez encore, alors racontez-m'en un peu plus sur votre « chez vous ». Mais n'écrivez rien que vous puissiez regretter ce matin, une fois sorti de votre délire. Je bois un verre de vin rouge français de la vallée du Rhône, 1997. Je bois à votre santé ! En ce qui vous concerne, je vous conseillerais plutôt de passer à l'eau minérale. Ou alors, faites-vous un café bien serré !

50 minutes plus tard
RÉP :

Vous êtes tellement sévère, Emmi. Ne soyez pas si sévère. Je ne veux pas de café. Je veux Emmi.

Venez chez moi. Buvons encore un verre de vin.
Nous pourrions nous bander les yeux, comme dans
le film. Je ne sais plus comment il s'appelle, il faut
que je réfléchisse. J'aimerais tant vous embrasser. Je
me moque de votre apparence. Je suis tombé amoureux de vos mots. Vous pouvez écrire ce que vous
voulez. Vous pouvez être aussi sévère que vous le
désirez. J'aime tout. D'ailleurs, vous n'êtes pas
sévère du tout. Vous vous forcez, vous voulez avoir
l'air plus forte que vous ne l'êtes. Marlene ne boit
pas une goutte d'alcool. Marlene est une femme très
sobre, mais fascinante, c'est ce que disent tous ceux
qui la connaissent. Elle était avec un pilote, un Espagnol. Mais c'est déjà fini. Elle dit qu'il n'y a qu'un
seul homme pour elle, moi. Vous savez, c'est un
mensonge. Je ne suis plus là pour elle. C'est si douloureux de se séparer. Je ne veux plus me séparer de
Marlene. Maman l'aimait beaucoup. Ma mère est
décédée, elle était malheureuse. C'est différent de ce
à quoi je m'attendais. Quelque chose est mort en
moi, dont j'ignorais l'existence. Ma mère ne s'est pas
beaucoup occupée de moi, seulement de ma petite
sœur. Et mon père a émigré au Canada, il a
emmené mon grand frère. J'ai glissé quelque part au
milieu. On ne m'a pas remarqué. J'étais un enfant
calme. Je peux vous montrer des photos. Voulez-
vous voir des photos ? Pour le carnaval, j'étais toujours déguisé en Buster Keaton. J'aime les héros

comiques tristes et muets qui savent faire des grima-
ces. Venez, buvons un verre de vin et regardons des
photos du carnaval. Dommage que vous soyez
mariée. Non, c'est bien que vous soyez mariée.
Trompez-vous votre mari, Emmi ? Ne le faites pas.
Cela fait si mal d'être trompé. Je suis un peu ivre,
mais j'ai encore les idées claires. Marlene m'a
trompé une fois. C'est-à-dire qu'il y a une fois dont
je suis au courant. Quand on voit Marlene, on sait
tout de suite que c'est une femme qui trompe.
Emmi, j'envoie mon message. Je vous embrasse. Et
encore un baiser. Et encore un baiser. Et encore un
baiser. Cela m'est égal, qui vous êtes. J'ai envie de
proximité. Je ne veux pas penser à ma mère. Je ne
veux pas penser à Marlene. Je veux embrasser
Emmi. Je suis un peu ivre, pardonnez-moi. Ça y est,
j'envoie mon message. Ensuite, je vais dormir. Baiser de bonne nuit. Dommage que vous soyez
mariée. Je crois que nous irions bien ensemble.
Emmi. Emmi. Emmi. J'aime écrire Emmi. Une fois
le majeur gauche, deux fois l'index droit et, une ran-
gée au-dessus, le majeur droit. EMMI. Je pourrais
écrire Emmi des milliers de fois. Ecrire Emmi, c'est
embrasser Emmi. Allons dormir, Emmi.

Le matin suivant
RE : Allô

Bonjour Leo, êtes-vous encore de ce monde ? Je vous embrasse, votre Emmi.

Deux heures et demie plus tard
RE :

Etes-vous en train de vous demander comment expliquer à vous-même, et surtout à MOI vos mails nocturnes ? Ce n'est pas la peine, Leo. Ce que vous m'avez écrit sans le vouloir m'a fait plaisir, très plaisir même. Vous devriez être plus souvent ivre, cela fait de vous un homme sensible, très franc et direct, très tendre, et même, dans les grandes lignes, fougueux et passionné. Cela vous va bien de perdre le contrôle ! Et je suis honorée que vous vouliez m'embrasser si souvent ! Alors, écrivez-moi !! Je suis très curieuse de savoir comment vous assumez votre attitude d'hier. Sobre, vous vous efforcez toujours désespérément de n'être pas le Leo qui se révèle de lui-même quand il est ivre. J'espère qu'il n'a pas vomi.

Trois heures plus tard
RE :

Leo ???? Ce n'est pas juste de ne pas m'écrire ! Et c'est décevant. Cela ressemble à un homme qui, le matin, renie ce que la veille, ivre d'amour, il a murmuré à l'oreille d'une femme. Cela ressemble à un homme assez typique, assez moyen, assez nul. En tout cas, cela ne ressemble pas à Leo. Alors maintenant, écrivez-moi !!!

Cinq heures plus tard
RÉP :

Chère Emmi, il est 22 heures. Voulez-vous venir chez moi ? Je vous paie le taxi. (J'habite en périphérie.) Leo.

A peine deux heures plus tard
RE :

Attendez, oh là là ! Cher Leo, il est maintenant 23 heures 43. Etes-vous encore en train de rêver, ou dormez-vous déjà ? Si non, j'ai des questions à vous poser :

1. Vouliez-vous vraiment que je vienne chez vous ?

2. Voulez-vous toujours que je vienne chez vous ?

3. Se pourrait-il que vous soyez de nouveau « un peu ivre » ?

4. Si je viens chez vous, qu'avez-vous en tête comme activité ?

Cinq minutes plus tard
REP :

Chère Emmi,
1. Oui. 2. Oui. 3. Non. 4. Ce qu'il se passera.

Trois minutes plus tard
RE :

Cher Leo,
1. Aha. 2. Aha. 3. Très bien. 4. Ce qu'il se passera ? Il se passe toujours ce que l'on veut qu'il se passe. Alors, que voulez-vous qu'il se passe ?

50 secondes plus tard
RÉP :

Je n'en sais vraiment rien, Emmi. Mais je crois que nous le découvrirons à l'instant où nous nous verrons.

Deux minutes plus tard
RE :

Et s'il ne se passe rien du tout ? Si nous restons plantés là comme deux idiots, que nous haussons les épaules et que l'un finit par dire : « Désolé, il ne se passe rien. » Que ferons-nous alors ?

Une minute plus tard
RÉP :

C'est un risque que nous devons accepter. Donc venez, Emmi ! Osez ! Osons ! Ayons confiance en nous !

25 minutes plus tard

RE :

Cher Leo, je suis irritée par cette inhabituelle impétuosité, qui ne correspond pas trop à votre nature. J'ai comme un soupçon. Je crois que vous savez très bien ce qui doit se passer. Vous êtes sans doute encore un peu soûl à cause d'hier, et donc vraiment « d'humeur ». Vous cherchez une proximité. Vous voulez oublier Marlene et la faire oublier. Et vous avez lu et vu bien assez de livres et de films dans ce genre, derniers tangos avec Marlon Brando et autres. Leo, moi aussi je connais cette scène : IL la voit ELLE pour la première fois, si possible dans la pénombre, pour rendre plus beau ce qui ne l'est peut-être pas tant que cela. Puis, le silence n'est plus brisé que par le bruit des vêtements qui tombent. Ils se jettent l'un sur l'autre comme des affamés, ne laissent rien de côté, se roulent pendant des heures dans l'appartement. Coupure. Image suivante : il est sur le dos, sur ses lèvres passe un sourire frivole, son regard lascif s'arrête sur le plafond, comme s'il voulait se le faire lui aussi. Elle est allongée avec la tête sur sa poitrine. Satisfaite comme une biche après le passage d'une horde de boucs en rut. Un des deux, peut-être, souffle la fumée de sa cigarette par les narines. Puis, un noir

pudique recouvre l'écran. Et que se passe-t-il après ?
Cela m'intéresse au plus haut point : que se passe-
t-il après ???

Leo, cela ne va pas. Pour une fois, vous n'avez
pas pu vous retenir de tomber dans les clichés. Oui,
bien sûr, on peut même imaginer la suite de l'histoire du bandeau que vous a inspirée l'alcool hier.
Nous n'aurons pas besoin de nous voir. Vous
m'ouvrirez la porte sans me voir. Nous tomberons
dans les bras l'un de l'autre sans nous voir. Nous
coucherons ensemble sans nous voir. Nous pren-
drons congé sans nous voir. Et demain, vous recom-
mencerez à m'écrire des mails bigots dans lesquels
vous m'exhorterez à ne pas tromper mon mari, et je
vous répondrai avec mon culot habituel. Et si la nuit
nous a plu, nous en aurons d'autres, totalement
séparées de notre vie, totalement indépendantes de
notre dialogue. Le sexe au plus haut niveau du détachement. Il n'y a rien à perdre, rien en jeu. Vous
aurez votre « proximité », j'aurai mon aventure
extraconjugale. J'admets que c'est une idée excitante.
Mais je dois dire que cela reste un peu masculin
comme fantasme, cher Leo. Nous devrions aban-
donner l'idée. Ou, pour être encore plus claire : pas
avec moi ! (Je le dis avec beaucoup de tendresse,
vraiment !)

15 minutes plus tard
RÉP :

Et si je voulais juste vous montrer quelques photos de moi enfant ? Et si j'avais juste envie de boire avec vous un verre de whiskey ou un verre de vodka – à notre santé et au caractère pionnier de notre rencontre ? Et si je désirais juste entendre votre voix ? Ou respirer les effluves du parfum de vos cheveux et de votre peau ?

Neuf minutes plus tard
RE :

Leo, Leo, Leo, parfois il semble que vous êtes la femme et moi l'homme. Mais je pourrais jurer qu'il ne s'agit que d'un jeu entre nous, poussé à l'extrême. Je pense au masculin pour vous comprendre, j'essaie de m'immiscer dans le monde des hommes, je rassemble tout ce que j'ai appris de leur mode de pensée et du vocabulaire qui va avec – et le résultat, c'est que je dois vous entendre dire que JE suis obsédée. Leo, je mets en évidence les mobiles classiques des hommes qui font des invitations pressantes à minuit – et vous renversez les rôles en affirmant que ce sont les miens. Leo, grand innocent, timide romantique ! Avouez donc que vos assauts virtuels à dix heures du soir n'avaient pas pour objectif de me montrer des photos d'enfance. (Peut-être avez-vous aussi de jolis timbres ? Dans ce cas, je serais venue tout de suite, bien sûr…)

Trois minutes plus tard
RÉP :

Chère Emmi, je vous en prie, ne dites plus jamais « des hommes » quand vous parlez de MOI. Je tiens trop à mon individualité pour me laisser affubler d'un masculin pluriel global et haineux. Ne me jugez pas d'après les autres hommes. Cela me blesse, vraiment !

18 minutes plus tard
RE :

Ok, ok, pardon ! Et une fois encore vous avez habilement esquivé le sujet des mobiles qui expliquent votre envie pressante de me voir en plein milieu de la nuit. Leo, cela n'a rien de déshonorant, au contraire, cela me flatte beaucoup, et vous ne baissez pas d'un millimètre dans mon estime quand, assailli par le vertige de l'amour et par des pulsions sexuelles post-alcooliques, vous cherchez à faire à

Emmi, que vous ne connaissez pas mais qui n'est paraît-il pas laide, le numéro des yeux bandés. Bon, il est déjà une heure et demie du matin, je vais aller me coucher. Merci encore pour votre séduisante proposition. C'était courageux. J'aime quand vous êtes spontané. Et j'aime aussi quand, ivre, vous me comblez de baisers. Bonne nuit, Leo. Et un baiser de ma part.

Cinq minutes plus tard
RÉP :

Je ne cherche jamais à faire de numéro à personne. Bonne nuit.

Douze minutes plus tard
RE :

Ah, encore deux choses, Leo. De toute façon, je n'arriverai plus à dormir : si j'étais venue chez vous, vous ne croyez quand même pas que je vous aurais laissé me payer le taxi ?

Deuxièmement : si j'étais venue chez vous, laquelle des trois Emmi du répertoire de votre sœur aurait-elle dû venir ? L'Emmi originelle, débordante d'énergie ? La blonde et plantureuse Emmi ? Ou la timide

et surprenante Emmi ? Car il faut que je sois claire :
l'Emmi de votre imagination serait morte à jamais à
l'instant de notre rencontre.

Un jour plus tard
Objet : Problèmes informatiques ?

Leo ? C'est votre tour !

Trois jours plus tard
Objet : Entracte

Chère Emmi, je vous envoie ce mail juste pour
que vous sachiez que je n'ai pas arrêté de vous
écrire. Quand je saurai enfin QUOI vous écrire, je
le ferai tout de suite. Ces derniers jours, je me suis
décomposé en pièces détachées schizophrènes, et je
suis en train de les rassembler. Je me manifesterai
quand je les aurai retrouvées.

Emmi, vous me hantez. Vous me manquez. J'ai le
mal de vous. Je lis vos mails plusieurs fois par jour.
Votre Leo.

Quatre jours plus tard
Objet : Trahison

Bonjour, monsieur Leike, avez-vous mauvaise conscience vis-à-vis de moi ? Me taisez-vous quelque chose ? (« Taire » avec un « T » comme dans « Trahison » ?) Y a-t-il quelque chose que je devrais savoir ? Si c'est le cas : je crois que je le sais. J'ai fait une découverte horrible dans ma boîte mail. Savez-vous de quoi je parle ? Si oui, s'il vous plaît, soulagez votre conscience !!! Bien à vous, Emmi Rothner.

Trois heures et demie plus tard
RÉP :

Emmi, qu'est-ce qui vous arrive ? Que veut dire ce mail cryptique ? Etes-vous en train de développer une théorie du complot ? Je ne sais pas du tout de quoi vous parlez. Quelle horrible découverte avez-vous faite dans votre boîte mail ? Je vous en prie, soyez plus claire ! Et ne soyez pas d'une cruauté aussi formelle à cause de vos soupçons ! Je vous embrasse, Leo.

30 minutes plus tard
RE :

Cher monsieur le psychologue du langage, s'il devait s'avérer un jour que mes « soupçons » étaient fondés, je vous haïrais jusqu'à la fin de ma vie !!!! Il vaut mieux que vous le disiez tout de suite.

25 minutes plus tard
RÉP :

Je ne sais pas ce qui vous a mis dans cet état, chère Emmi, mais votre langage me fait peur. Je ne veux pas être la victime d'une haine préventive basée sur les idées tordues et les liens abscons qui se sont formés dans votre cerveau décomposé par la méfiance. Soyez plus claire ou allez vous faire voir ! A présent, je suis vraiment en colère ! Leo.

Le jour suivant
Objet : Trahison II

Dimanche, j'ai vu une de mes amies. Je lui ai parlé de vous, Leo. « Que fait-il dans la vie ? », m'a-t-elle demandé. « Il est psychologue du langage et travaille aussi à l'université », ai-je répondu. Psychologue du langage ? Sonja était très surprise. « Que fait-il là-bas ? », a-t-elle continué. Moi : je ne sais pas trop, nous ne parlons pas de notre travail, seulement de nous. Et soudain, cela m'est revenu : au début, il a parlé une fois d'une étude qu'il menait sur le langage dans les mails. Mais il ne m'en a plus rien dit depuis. Là, le regard de mon amie s'est assombri d'un coup, et elle m'a dit mot pour mot : « Emmi, fais attention, peut-être ne fait-il que t'étudier ! » Cela m'a fait un énorme choc. Rentrée chez moi, je suis tout de suite allée vérifier dans nos vieux mails. Et, daté du 20 février, j'ai trouvé le passage suivant : « Nous travaillons en ce moment à une étude sur l'influence des mails sur notre attitude langagière et surtout – voilà la partie encore plus intéressante – sur le mail comme vecteur d'émotions. J'ai donc un peu tendance à parler boutique mais j'essaierai à l'avenir de m'abstenir, je vous le promets. »

Donc, cher Leo, comprenez-vous pourquoi je suis dans l'état où je suis ? LEO, NE FAITES-VOUS QUE M'ÉTUDIER ? TESTEZ-VOUS MES APTI-TUDES DE VECTEUR D'ÉMOTIONS ? NE SUIS-JE POUR VOUS QUE LE CONTENU D'UN FROID TRAVAIL DE DOCTORAT OU D'UNE CRUELLE ÉTUDE SUR LE LAN-GAGE ?

40 minutes plus tard
RÉP :

Le mieux, ce serait que vous demandiez l'avis de Bernhard. J'en ai assez de vous. De toute façon, n'importe quel vecteur se briserait sous le poids de vos émotions. Leo.

Cinq minutes plus tard
RE :

Juste parce que vous contre-attaquez, cela ne signifie pas que mon inquiétude d'avoir été abusée pour raisons de psychologie du langage s'est évanouie. Donc je vous demande une réponse claire. Leo. Vous me la devez.

Trois jours plus tard
Objet : Leo !

Cher Leo, je viens de passer trois jours atroces. La peur – oui, c'était une vraie crise d'angoisse – d'avoir été tout ce temps utilisée à des fins universitaires, est contrebalancée par la crainte inverse : peut-être ai-je été injuste avec vous. Peut-être mes accusations hâtives ont-elles détruit quelque chose entre nous. Je ne sais pas ce qui serait pire, d'avoir été « trompée » par vous, ou, à cause de mon aveugle accès de méfiance, d'avoir déraciné la petite plante de confiance que nous avions cultivée et soignée avec tant de précautions.

Cher Leo, je vous en prie, mettez-vous à ma place. Je vous avoue qu'il y a longtemps que je n'avais pas échangé avec quelqu'un des émotions aussi violentes. Je suis d'ailleurs étonnée que cela soit possible de cette façon. Dans mes mails, je peux être comme jamais la véritable Emmi. Dans la « vraie vie », si on veut réussir, si on veut tenir le coup, il faut sans cesse faire des compromis avec sa propre émotivité : LÀ, je ne dois pas dramatiser ! ÇA je dois l'accepter ! ÇA, je dois le laisser passer ! Nous adaptons en permanence nos sentiments à notre entourage, nous ménageons ceux que nous aimons, nous nous glissons dans les cent petits rôles du quotidien, nous nous tenons en équilibre, nous pesons le pour et le contre pour ne pas mettre en danger la structure à laquelle nous appartenons.

Avec vous, cher Leo, je n'ai pas peur de laisser libre cours à ma spontanéité profonde. Je ne réfléchis pas à ce que je peux ou ne peux pas vous imposer. J'écris allègrement ce qui me vient à l'esprit. Et cela me fait un bien fou !!! C'est grâce à vous, cher Leo, et c'est pourquoi vous m'êtes devenu indispensable : vous m'acceptez comme je suis. Vous me freinez parfois, vous ignorez certaines choses et interprétez mal certaines autres. Mais vous persévé-rez à rester près de moi, et cela me prouve que je peux être celle que je suis. Et puis-je faire encore un peu d'autopromotion ? Je suis beaucoup, beaucoup plus docile que mes mails n'en donnent l'impression. Je veux dire : si on aime bien l'Emmi qui ne s'efforce pas de faire bonne figure, qui s'empresse de faire étalage de ses défauts – oui, Leo, je suis jalouse, je suis méfiante, je suis un peu névrosée, je n'ai pas en principe une très bonne image du sexe opposé, du mien non plus d'ailleurs – mais j'ai perdu le fil, donc : si on aime bien l'Emmi qui ne fait pas d'efforts pour bien se tenir, qui se laisse aller aux fai-blesses qu'elle refoule d'habitude, alors à quel point doit-on aimer l'Emmi de tous les jours ! Elle sait qu'on ne peut imposer aux autres qu'une partie de ce que l'on est, un paquet d'humeurs, un container de doutes, une composition discordante.

Mais il ne s'agit pas que de moi. Leo, je pense sans cesse à vous. Vous occupez quelques millimè-tres carrés de mon cerveau (ou de mon cervelet, ou de mon hypophyse, je ne sais pas dans quelle partie du cerveau on pense à quelqu'un comme vous). Vous y avez planté votre tente. Je ne sais pas si vous êtes celui que vos mails laissent deviner. Même si vous ne lui ressembliez qu'un peu, vous seriez déjà exceptionnel. Vos lignes et la manière dont je les interprète laissent paraître un homme tel que je commence à m'imaginer qu'il en existe réellement. Vous avez toujours parlé de votre « Emmi imaginaire ». Je suis peut-être moins disposée à me satisfaire d'un « Leo imaginaire », à me contenter d'imaginer quelqu'un pour lequel j'ai tant d'affection. Il faut qu'il soit en chair, en os, et en tout le reste. Et il faut qu'il puisse endurer un rendez-vous avec moi. Nous n'en sommes pas encore là. Mais je sens au fond de moi que nous pouvons préparer notre rencontre par écrit. Jusqu'à ce que nous soyons debout l'un en face de l'autre. Ou assis l'un en face de l'autre. Ou à genoux. C'est sans importance.

Leo, prenons ce mail : l'idée que vous êtes peut-être en train de le disséquer mot à mot, pour acquérir une connaissance scientifique, pour citer des exemples qui montrent comment et avec quoi on peut faire passer des émotions, ou, pire encore, comment on peut faire naître des émotions chez quelqu'un pour le faire chavirer, cette idée est si atroce que je pourrais hurler de douleur !!! Je vous en prie, dites-moi que notre dialogue n'a rien à voir avec votre étude. Et je vous en prie, pardonnez-moi de l'avoir supposé. Je suis comme cela : il faut toujours que j'imagine le pire, pour me construire des défenses qui me permettront de le supporter s'il se produit.

Leo, ce mail est le plus long que je vous aie jamais écrit. Ne l'ignorez pas. Revenez. Ne démontez pas la tente que vous avez plantée dans mon cortex cérébral. J'ai besoin de vous ! Je… vous apprécie ! Votre Emmi.

PS : je sais qu'il est déjà super tard. Mais je suis sûre que vous êtes encore debout. Et je suis persuadée que vous allez regarder votre boîte mails. Vous n'êtes pas obligé de me répondre tout de suite. Mais peut-être pourriez-vous m'écrire un mot, un seul, pour que je sache que vous avez reçu mon message ? Un mot, ça irait ? Ou deux ou trois, si c'est plus facile. S'il vous plaît. S'il vous plaît. S'il vous plaît.

Deux secondes plus tard
RÉP :

MESSAGE D'ABSENCE. LE DESTINATAIRE EST EN VOYAGE ET N'AURA ACCÈS À SES MAILS QU'À PARTIR DU 18 MAI. EN CAS D'URGENCE, IL SERA INFORMÉ PAR L'INSTITUT DE PSYCHOLOGIE DU LANGAGE. ADRESSE MAIL : psy-uni@gr.vln.com.

Une minute plus tard
RE :

C'est le pompon !

Chapitre cinq

Objet : De retour !

Bonjour Emmi, je suis revenu. J'étais à Amsterdam. Marlene m'a accompagné. Nous avons fait une autre tentative. Elle a été courte. Au bout de deux jours, j'étais au lit avec une pneumonie. C'était humiliant, pendant cinq jours elle a agité un thermomètre, en me souriant de l'air à la fois amer et bienveillant d'une infirmière en service depuis 30 ans, qui déteste son travail mais essaie de ne pas le faire payer aux patients. Amsterdam était le contraire de ce que je m'étais imaginé, pas de nouveau départ mais la fin habituelle, conforme à la routine que nous avons mise en place au fil des années. Cette fois, nous nous sommes séparés très respectueusement. Elle m'a dit qu'elle serait toujours là si j'avais besoin de quelque

chose. Elle voulait dire – quelque chose à la pharma-
cie. Et j'ai répondu : si tu t'imagines encore une fois
ne pas pouvoir vivre sans moi et que je suis sûr de ne
pas pouvoir vivre sans toi, retournons quelques jours
à Amsterdam – pour nous prouver le contraire.

D'ailleurs, j'ai parlé de nous à Marlene. Elle a réagi
comme si c'était plus grave que ma pneumonie. Je lui
ai dit : Il y a une femme, sur internet, à laquelle je
pense beaucoup. Elle : Quel âge a-t-elle ? Et à quoi
ressemble-t-elle ? Moi : Aucune idée. Entre trente et
quarante ans. Soit blonde, soit brune, soit rousse. De
toute façon, elle est mariée et heureuse. Elle : T'es
malade !

Cette femme, lui ai-je dit, me permet de penser à
quelqu'un d'autre qu'à toi, Marlene, tout en ressen-
tant la même chose. Elle me bouleverse, elle
m'énerve, j'ai parfois envie de l'envoyer au diable,
mais je retourne la chercher tout aussi volontiers. J'ai
besoin d'elle sur terre. Elle sait écouter. Elle est intelligente. Elle est spirituelle. Et, le plus important : elle
est là pour moi. « Si cela te fait du bien de lui écrire,
alors écris-lui », m'a lancé Marlene en allant se coucher. « Et prends tes médicaments ! », a-t-elle ajouté.

Emmi, je suis perplexe. Comment quitter cette
femme ? C'est un glaçon, mais je m'embrase quand
je la touche. Si je vais avec elle à Amsterdam,
j'attrape une pneumonie. Mais quand, la nuit, elle
me met la main sur le front, je commence à brûler.

Donc, Emmi, deuxième partie : je suis de retour. Je n'ai aucune intention de démonter la tente que j'ai plantée dans votre cortex cérébral. J'aimerais que nous continuions à nous écrire. Et j'aimerais vous rencontrer en personne. Nous avons déjà raté tous les moments propices. Nous avons rejeté les règles les plus simples des relations humaines. Nous sommes de vieux amis, nous nous apportons un soutien quotidien, nous sommes même parfois un couple. Et malgré tout cela, il nous manque le début, la rencontre. Je ne sais pas encore comment la mener à bien sans rien perdre de ce qui nous lie. Et vous ?

Donc, Emmi, troisième partie : j'ai fait exprès de commencer mon mail en parlant de Marlene. Je souhaite que nous nous racontions plus de choses sur notre vie. Je ne veux plus faire comme s'il n'y avait que nous deux. Je veux savoir comment vous gérez votre mariage, comment vous vous débrouillez avec les enfants, etc. J'aimerais que vous me fassiez part de vos soucis. Cela me consolerait de savoir que je ne suis pas le seul à en avoir. Cela me fait du bien d'en parler. Je suis honoré d'avoir gagné votre confiance.

Donc, Emmi, quatrième partie : je vous en prie, ne me haïssez plus jamais de manière préventive ! Début mars, je me suis retiré de l'étude sur l'influence des mails sur notre attitude langagière, et sur leur rôle en tant que vecteurs d'émotions. Officiellement, j'ai prétexté un manque de temps. En fait, le sujet est devenu trop « personnel » pour que j'aie envie de travailler dessus de manière scientifique. C'est clair, Emmi ? Bonne journée, votre Leo.

(PS : d'une part, mon « message d'absence » était une juste punition pour votre mail agressif et méfiant. D'autre part, vous m'avez fait de la peine. Vous m'avez écrit un mail magnifique, franc, sincère et détaillé. Je vous remercie pour chaque mot ! Maintenant, vous avez droit à quelques impertinences.)

45 minutes plus tard
RE :

Vous avez abandonné votre étude à cause de nous deux ? Leo, c'est bien, et rien que pour cela, je vous aime ! (Heureusement, vous ne vous doutez pas de la façon dont je viens de vous le dire.) Je dois accompagner Jonas chez le dentiste. Malheureusement, il n'est pas encore sous anesthésie générale. Ceci pour répondre à la question de comment je me débrouille avec les enfants. A plus tard, Emmi.

Six heures plus tard
RE :

Donc, Leo. Je suis dans ma chambre, Bernhard travaille encore, Fiona passe la nuit chez une copine,

Jonas dort (avec deux dents en moins), Jukebox mange de la nourriture pour chien (c'est moins cher et cela lui est égal, du moment qu'il y en a beaucoup). Comme chacun sait, nous n'avons pas de tamias, ils seraient peut-être du goût du chat. Les meubles me fixent d'un air de reproche. Ils flairent la trahison. Ils me menacent : malheur à toi si tu dévoiles notre prix, notre couleur et notre forme ! Le piano dit : malheur à toi si tu lui racontes que Bernhard était ton professeur de piano ! Si tu lui racontes comment vous vous êtes embrassés la première fois, et comment vous vous êtes assis sur moi pour vous aimer. La bibliothèque demande : qui est ce Leo ? Que fait-il ici ? Pourquoi passes-tu tant de temps avec lui ? Pourquoi as-tu aussi peu recours à moi ? Pourquoi es-tu devenue si songeuse ? Le lecteur CD ajoute : et puis quoi encore, peut-être vas-tu arrêter de jouer du Rachmaninov – tu sais que la musique fait partie de ce qui te lie le plus à Bernhard – et écouter à la place ce qu'aime ce Leo, pourquoi pas les Sugar Babes ! Seule l'étagère des vins proteste : moi, je n'ai rien contre ce Leo, nous vivons en harmonie tous les trois. Le lit, par contre, se fait menaçant : Emmi, quand tu es allongée sur moi, ne rêve pas d'ailleurs. Ne te fais jamais surprendre ici avec Leo ! Je te préviens !

Leo, je ne peux pas. Je ne peux pas partager ce monde avec vous. Vous ne pourrez jamais en faire partie. Il est trop compact. C'est une forteresse. Il ne peut pas être conquis, il n'admet aucun intrus, il se défend d'une quelconque infiltration. Leo, nous devons tous deux rester « dehors », c'est notre seule chance, sinon je vous perdrai. Vous voulez savoir comment je « gère » mon mariage ? Avec brio, Leo, vraiment ! Et Bernhard aussi. Il me vénère. Je le respecte et je l'estime. Nous avons l'un pour l'autre tous les égards. Il serait incapable de me tromper. Je ne pourrais jamais le laisser en plan. Nous ne voulons pas nous faire de mal. Nous avons construit quelque chose ensemble. Nous comptons l'un sur l'autre. Nous avons la musique, le théâtre. Nous avons beaucoup d'amis communs. Fiona, qui a 16 ans, est comme une petite sœur pour moi. Et pour Jonas, je suis devenue une sorte de petite maman. Il avait trois ans quand sa mère est morte.

Leo, ne m'obligez pas à feuilleter mon album de famille. Voici ce que je vous propose : je vous parlerai de mon « chez moi » quand j'en aurai vraiment envie, quand quelque chose me tracassera, quand je voudrai l'avis d'un ami très très proche. De votre côté, n'hésitez pas à me raconter votre vie privée jusque dans ses détails les plus explosifs. (Mais rien d'érotique, je ne vous y autorise pas !)

Bien, maintenant je me couche – et je vais enfin retrouver le sommeil. Leo, je suis si heureuse que vous soyez de retour ! Leo, j'ai besoin de vous ! J'ai besoin de sentir que je bouge et que j'existe en dehors de mon univers. Leo, vous êtes mon monde extérieur ! Et demain nous parlerons de Marlene, pour cela je dois avoir les idées claires. Bonne nuit, mon cher ! Bisous de bonne nuit !

Le jour suivant
Objet : Marlene

Bonjour Leo. Si cela ne marche ni ensemble ni séparés, il ne reste qu'une possibilité : à la place. Leo, vous avez besoin de quelqu'un d'autre. Vous devez retomber amoureux. Alors, vous saurez ce qui vous a manqué pendant tout ce temps. La proximité ne s'obtient pas en abolissant la distance, mais en la surmontant. Ce n'est pas le manque de perfection qui est captivant, mais sa recherche continuelle et toujours recommencée. Leo, il n'y a rien à faire, il nous faut une femme pour vous ! Bien sûr, il est naïf de dire : oubliez Marlene ! Mais faites-le quand même. Proposition suivante : efforcez-vous de penser à moi plutôt qu'à elle ! Je vous autorise à imaginer avec moi tout ce que vous voudriez faire avec Marlene. (Mes meubles recommencent à me regarder de travers.) Ce ne sera qu'une période de transition jusqu'à ce que nous ayons trouvé une femme qui vous convienne. Quel genre voulez-vous ? A quoi doit-elle ressembler ? Allez, dites-le ! Peut-être ai-je celle qu'il vous faut.

Sérieusement : une femme qui dit de nous « Si cela te fait du bien de lui écrire, alors écris-lui » est à des kilomètres de ce que j'appelle l'amour. Marlene n'aime pas Leo. Leo n'aime pas Marlene. Deux non-amoureux se créent une passion à partir de la nostalgie de l'amour de l'autre. Je ne peux pas faire plus intelligent. Je dois aller travailler. A bientôt. Emmi, l'alternative virtuelle.

Quatre heures plus tard
RE :

Chère Emmi du monde extérieur, je savoure vos mails. Je vous en suis très reconnaissant. Dites à vos meubles que j'admire leur attitude et que j'estime leur esprit d'équipe. Je ne serai pas un intrus dans la maison des Rothner, je n'accapare Emmi que sur l'écran ! Mes compliments à l'étagère des vins : peut-être pourrions-nous organiser tous les trois un autre happening nocturne. (Je promets de ne pas boire autant avant.)

Je trouve charmant que vous envisagiez de jouer les entremetteuses. Quel type de femmes me plaît ? Les femmes qui ressemblent à votre manière d'écrire, Emmi. Et les femmes qui me font sentir que je pourrais rentrer dans leur monde intérieur au lieu de rester dans leur monde extérieur. En bref, les femmes qui ne sont pas « mariées et heureuses », retenues dans une forteresse familiale et surveillées par les meubles de leur appartement.

Je vous souhaite une agréable soirée. Aujourd'hui, je vois ma sœur Adrienne. Elle sera heureuse pour moi, quand elle apprendra que je me suis encore une fois séparé de Marlene avec succès. Et quand je lui dirai que je suis toujours en contact avec vous. Elle ne connaît de vous que quelques extraits de vos mails, ce que je lui ai dit – et trois possibles Emmi. Peu importe laquelle des trois vous êtes, elle vous aime bien. Elle voit les choses comme son frère.

Le jour suivant
Objet : Mia !

Bonjour Leo, j'ai trouvé pendant la nuit. Bien sûr : Mia ! C'est elle ! Leo et Mia – cela sonne déjà bien ! Ecoutez, Leo : Mia a 34 ans, elle est ravissante, prof de sport, longues jambes, super silhouette, pas un gramme en trop, teint mat, cheveux noirs. Seul inconvénient : végétarienne, mais il suffit de dire « c'est du tofu » pour qu'elle mange de la viande. Elle est très cultivée, extrêmement intelligente, pleine d'entrain, gaie, a toujours la pêche. En

bref, une femme de rêve. Et : elle est célibataire !
Voulez-vous que je vous la présente ?

Une heure et demie plus tard
RÉP :

Emmi, Emmi, Emmi ! Je sais déjà tout ce qu'il
faut sur les « Mia » aux longues jambes. Ma sœur
m'en présente une nouvelle presque chaque semaine.
Je pourrais remplir un magazine de mode avec tous
les mannequins sans un gramme en trop à la « Mia »
que je connais, toutes plus belles et aux jambes plus
longues les unes que les autres. Et toutes célibataires.
Savez-vous pourquoi, chère Emmi ? Parce que cela
leur plaît ! Et elles comptent bien le rester encore un
moment.

De plus : je ne veux pas vous freiner dans votre
euphorie, chère Emmi du monde extérieur. Mais en
ce moment, je n'ai aucune envie de rencontrer une
Mia-de-rêve. Ma vie me convient très bien. Merci
quand même de vous être donné du mal !

A part cela : ma sœur vous embrasse. Elle dit que
je ne dois pas commettre l'erreur de vous rencontrer. Elle dit, mot pour mot : « Un rendez-vous
serait la fin de votre relation. Et cette relation te fait
un bien fou ! » Bonne journée, Leo.

Deux heures plus tard
RE :

OK Leo, notre rendez-vous peut attendre, je m'étais déjà habituée à cette idée. Vous faites de moi une femme patiente ! Je me réjouis de ce que votre sœur pense de nous. Mais pourquoi est-elle si certaine qu'une rencontre serait la fin de notre « relation » ? Et, selon elle, qui y mettrait un terme : vous ou moi ?

Autre chose, Leo : dans votre mail d'hier, vous avez encore fait allusion au fait que j'étais « mariée et heureuse ». Pourquoi avez-vous écrit « mariée et heureuse » entre guillemets ? Cela donne l'impression que vous en faites une figure rhétorique, avec une petite touche moqueuse. Vous voyez ce que je veux dire ?

En ce qui concerne Mia, vous m'avez mal comprise. Ce n'est pas une beauté de papier glacé tout droit sortie d'un magazine de mode. Mia est très classe. Et c'est tout à fait involontairement qu'elle s'est retrouvée célibataire. Un cas typique d'amour de jeunesse raté. A dix-neuf ans on rencontre un homme, vu de l'extérieur c'est un Adonis, un paquet de testostérone, un traité d'éducation sexuelle bien rebondi. Vu de l'intérieur : creux, en tout cas dans la région du cerveau. Deux ans bouleversants d'attente et d'espoir, avant qu'il n'ouvre enfin la bouche. Le charme est rompu. Alors on a 21 ans – et, bien sûr, on rencontre tout de suite un autre paquet bien emballé. Et on se dit : cette fois, il me faut plus de contenu. Pas encore, essai suivant. C'est ainsi que se développe un destin féminin classique : elle croit devoir toujours s'intéresser aux mêmes types, pour corriger « l'erreur de la première fois ». Chaque nouvelle erreur l'attache un peu plus à ces types.

Mia n'a choisi que des hommes qui se ressemblaient, et aucun n'a effacé la faute de son prédécesseur. Au contraire : chacun a su prouver avec brio qu'il était aussi vide que celui d'avant. Depuis deux ans, elle est fatiguée des hommes et a perdu tout enthousiasme quant aux nouvelles rencontres. Elle ne fait plus un pas vers personne. Il y a peu, elle m'a dit : si tu connais quelqu'un de gentil, je veux bien que tu me le présentes. Mais je ne veux avoir aucun effort à faire. Il faut que cela aille tout seul. Si cela ne va pas tout seul, rien ne va plus. Voilà Mia. Leo, je vous assure, elle va vous plaire.

Une heure et demie plus tard
RÉP :

Chère Emmi, pour répondre à votre première question :

1. Ma sœur n'a pas précisé lequel de nous deux mettrait fin à notre « relation » (cela ne vous dérange

pas si je mets « relation » entre guillemets ?) après
une rencontre. Elle pense plutôt que c'est l'incompa-
tibilité du dialogue écrit avec l'oral qui aurait raison
de nous. 2. Rien ne vous échappe ! Mais c'est incons-
ciemment que j'ai mis des guillemets autour de
« mariée et heureuse ». Peut-être est-ce le traitement
de texte qui le fait de manière automatique. Non,
sérieusement : l'expression vient de vous – et je vous
cite, car être « marié et heureux » me semble toujours
subjectif. Je doute, par exemple, que je comprenne
cela de la même façon que vous ou votre mari. Mais
c'est sans importance, non ? Cela n'avait rien de
moqueur, et j'éviterai à l'avenir les guillemets.

Et maintenant venons-en à votre amie Mia : si vous
la voyez, vous pouvez lui raconter que vous connaissez un homme qui n'a (eu) besoin que d'une femme
pour ne PAS MAIS ALORS PAS corriger « l'erreur
de la première fois ». Un homme, qui lui aussi est fatigué et a perdu tout enthousiasme quant aux nouvelles
rencontres. Quelqu'un qui ne fait plus un pas vers les
femmes, qui ne veut avoir aucun effort à faire, pour
qui tout doit aller tout seul, car si cela ne va pas tout
seul, rien ne va plus. Dites-lui : voilà Leo, Mia ! Mais
ne dites pas : il va te plaire. Pour se plaire, il faut se
regarder dans les yeux au moins une fois. Pour l'instant, il est probable que ce serait un trop gros « effort
relationnel » pour Mia et Leo.

(De plus, je suis un peu vexé par la rapidité avec

laquelle vous me cédez à votre meilleure amie,
Emmi. Votre jalousie me manque !)

40 minutes plus tard
RE :

Ah, Leo, jalousie par-ci, jalousie par-là, je ne peux
pas vous « posséder » plus qu'ici, dans ma boîte
mail. Et puis, si vous « appartenez » à une de mes
meilleures amies, vous m'appartiendrez un peu
aussi. (Croyez-vous vraiment que je joue les entremetteuses sans arrière-pensée intéressée ?) D'ailleurs,
j'ai souvent parlé de vous à Mia. Voulez-vous savoir
ce qu'elle pense de vous ? (Je suis certaine que vous
êtes en train de penser : non, je ne veux pas le
savoir. Mais je vais vous le dire quand même.) Elle
m'a dit, tu vois Emmi, c'est un homme comme cela
qu'il me faudrait, qui préfère m'écrire des mails plutôt que de coucher avec moi. Tous les hommes
cherchent le sexe. La vraie classe, c'est de vouloir
autre chose – des messages.

Cinq minutes plus tard
RÉP :

Emmi, vous êtes revenue au sexe !

Trois minutes plus tard
RE :

Merci, je m'en étais aperçue. Je me suis replongée dans le monde des hommes.

Huit minutes plus tard
RÉP :

On a presque l'impression que vous vous y plongez avec plaisir, pour pouvoir parler de sexe sans retenue.

Six minutes plus tard
RE :

Cher Leo, ne faites pas l'hypocrite ! Vous rappelez-vous de votre mail imbibé de vin avec l'histoire du bandeau sur les yeux et de votre crise de désir post-alcoolique le jour suivant ? Vous n'êtes pas le prêcheur dépourvu de libido, l'homme imperméable aux pulsions auquel vous jouez si volontiers ! Alors, voulez-vous que je vous arrange un rendez-vous avec Mia ?

Trois minutes plus tard
RÉP :

Vous n'êtes pas sérieuse !

Une minute plus tard
RE :

Bien sûr que je suis sérieuse ! Je suis persuadée que ni Mia ni vous n'aurez à « travailler » pour vous apprécier immédiatement. Fiez-vous à ma connaissance du cœur humain.

Sept minutes plus tard
RÉP :

Je vous remercie, mais je décline. Je trouve un peu pervers, au lieu de rencontrer Emmi, d'aller voir son amie. Bonne nuit ! (Je suis toujours) **VOTRE** Leo.

Huit minutes plus tard
RE :

Moi, vous ne voulez pas me rencontrer ! Bonne

nuit de même (je suis moi aussi, toujours et encore) VOTRE Emmi, d'une façon toute particulière.

50 secondes plus tard
RE :

Ah, j'oubliais : j'ai des choses à dire à propos de vos explications sur le sujet de « mariée et heureuse » entre guillemets !! Vous pouvez interpréter cela comme une menace. Dormez bien, mon cher. Emmi.

Le lendemain soir
Objet : ???

Pas de mail de Leo aujourd'hui ? Est-il fâché ? A cause de Mia ? Bonne nuit, Emmi.

Le matin suivant
Objet : Mia

Bonjour, Emmi, j'ai réfléchi. Je reviens à votre proposition. Si votre amie Mia est d'accord et que vous arrangez cela, je veux bien la rencontrer ! Bise, Leo.

15 minutes plus tard
RE :

Leeeeoooo ? Vous vous foutez de moi ?

30 minutes plus tard
RÉP :

Non, pas du tout. Je suis très sérieux. Je prendrais
volontiers un café avec Mia. Soyez gentille, chère
Emmi, et chargez-vous de l'organisation. Je suis disponible samedi ou dimanche après-midi. Un café du
centre-ville me conviendrait. Soit encore une fois le
café Huber, soit l'Europa, soit le café Paris, cela m'est
égal.

40 minutes plus tard
RE :

Leo, vous m'inquiétez. D'où vient ce revirement
soudain ? Vous ne vous moquez vraiment pas de
moi ? Dois-je proposer à Mia ? Mais vous n'aurez
plus le droit de faire marche arrière ! Mia n'est pas
une femme avec laquelle on peut jouer.

Trois heures plus tard
RE :

Et je ne suis pas homme à jouer avec les femmes que je ne connais pas ; en tout cas, pas à ce type de jeu. J'ai juste changé d'avis : quand une femme vous est conseillée si chaleureusement, pourquoi ne pas la rencontrer ? Je n'ai rien contre une heure de discussion sans engagement. Oui, plus j'y pense et plus je trouve votre idée charmante. Bonne soirée, Leo.

Dix minutes plus tard
RE :

Je n'en pense pas moins, Leo ! Je vais appeler Mia, et je vous tiendrai au courant.

Une heure et demie plus tard
RÉP :

Pas moins, c'est-à-dire ?

20 minutes plus tard
RE :

Cher Leo, je vous soupçonne d'être persuadé que c'est moi qui ferai marche arrière. Vous croyez que je n'ai jamais eu l'intention de vous présenter une amie – attirante, de surcroît. Vous pensez que « Mia » a pour seul but de me rendre intéressante auprès de vous, non ? Cher Leo, vous vous trompez ! J'appelle Mia tout de suite, et si elle dit oui, vous serez obligé de la rencontrer, sinon je vous en voudrai à mort ! Pour l'instant, je vous embrasse, Emmi.

18 minutes plus tard
RÉP :

Mia ne dira pas oui. Car Mia ne comprendra pas pourquoi elle doit rencontrer un étranger qui est un ami de son amie, et de plus un ami que son amie elle-même n'a jamais vu. Mia vous demandera, avec raison, pourquoi elle devrait rencontrer justement cet homme-là. Mia aura l'impression d'être un cobaye. Mais je serais ravi que vous me démontriez le contraire. Bonne nuit, embrassez pour moi l'étagère des vins ! Quand nous aurons clos « l'affaire Mia », peut-être pourrions-nous boire un verre à notre santé, Emmi, qu'en pensez-vous ?

Le jour suivant
Objet : Mia

Bonjour Leo, comment allez-vous ? Il fait une chaleur à crever aujourd'hui. Je ne sais plus quoi enlever. Portez-vous parfois des pantacourts et des sandales ? Etes-vous plutôt tee-shirt, polo ou chemise parfaitement repassée ? Combien de boutons ouverts en haut ? Jeans, pantalons à pinces ou – gloups – bermudas ? A partir de quelle luminosité portez-vous des lunettes de soleil ? Etes-vous poilu sous les aisselles ? Et sur le torse ? – OK, j'arrête.

Je vous écris surtout pour vous dire ceci : j'ai appelé Mia. A priori, elle irait volontiers boire un café avec vous un après-midi. « Pourquoi pas », a-t-elle dit. Mais il faut que vous l'appeliez. (Ce que vous ne ferez pas, bien sûr.) En effet, Mia pense que vous ne voulez pas la rencontrer, elle croit qu'il s'agit plutôt d'une action solo de la part de son amie Emmi, qui s'efforce de jouer les entremetteuses. De plus, elle veut savoir à quoi vous ressemblez. Je lui ai dit : il n'est pas laid, je crois. Mais je n'ai vu que sa sœur… Hum, un peu difficile tout ça. Cela ne mène à rien ! J'espère que vous allez supporter le pic de chaleur de cette journée caniculaire ! Votre Emmi.

Deux heures et demie plus tard
RÉP :

Chère Emmi, pour répondre à votre question : je vais très bien. Une chaleur à crever, en effet ! Vous écrivez « je ne sais plus quoi enlever », pour que je m'imagine à quoi ressemble Emmi quand elle ne sait plus quoi enlever. Gagné, Emmi : je me l'imagine !

Je ne porte des pantacourts qu'à la plage. Sandales : normalement jamais, mais si vous voulez j'en mettrai – pour notre premier rendez-vous. Tee-shirt ou chemise ? Les deux, souvent l'une sur l'autre. Boutons ouverts ? Selon le temps qu'il fait. En ce moment, tous les boutons sont ouverts, mais personne n'est là pour me voir. Pantalons ? Plutôt jeans que pantalons à pinces. Bermudas ? Au plus tard pour notre premier rendez-vous, Emmi, s'il a lieu en été (de l'année prochaine) ! Lunettes de soleil ? Au soleil. Poils ? Tête, menton, tempes, bras, jambes, torse… Et ils se rejoignent sur certaines parties du corps.

Ah oui, pour Mia : donnez-moi son numéro de téléphone, s'il vous plaît ! J'espère que vous passerez ces chaudes heures de façon agréable, votre Leo.

45 secondes plus tard
RE :

Quoi ? Vous voulez vraiment appeler Mia ? Vous

croyez toujours que je bluffe, c'est ça ? Donc, très bien : 0773/8636271. Mia Lechberger. Satisfait ?

Une heure et demie plus tard
RE :

Merci, Emmi. Qu'un jour de la fin mai puisse être aussi sudorifère… Je pars à Budapest pour deux jours de congrès. Je vous écrirai dès que je serai rentré. Bonne journée. Je vous embrasse, Leo.

Deux jours plus tard
Pas d'objet

Bonjour Leo, êtes-vous revenu ? Devinez qui j'ai eu au téléphone ce matin. Et devinez ce qu'elle m'a raconté. « L'ami avec qui tu échanges des mails m'a appelée. J'étais tellement surprise que j'ai failli raccrocher tout de suite. Mais il était si gentil ! Si poli, si aimable, un peu timide, charmant… Et blablabla et blablabla… » – « Et une voix si agréable ! Et une si belle prononciation !…. » Leo, Leo, je vois que vous avez joué sur tous les registres. Je dois l'avouer : je ne vous aurais jamais cru capable d'appeler Mia. Amusez-vous bien à votre rendez-vous demain ! D'ailleurs, Mia m'a demandé si je voulais venir. J'ai répondu : IL ne voudra pas. Pour lui, je suis un personnage imaginaire, une femme aux trois visages, et il ne les connaît pas car il ne veut pas être obligé de s'en tenir à un. Je ne me trompe pas, si ?

Trois heures plus tard
RÉP :

Bonjour Emmi, je suis revenu – mais malheureusement toujours aussi débordé. Votre amie Mia semble très sympathique au téléphone. Je vous écrirai plus tard, Leo. (PS : Vous n'avez pas besoin d'apparaître en personne, Emmi. De toute façon, je suppose que Mia s'empressera de vous raconter notre rendez-vous dans les moindres détails.)

Douze minutes plus tard
RE :

Leo, ces derniers temps vous me semblez si malicieux ! Je ne sais trop quoi en penser. Bon, eh bien bonne chance ! Emmi. On s'appelle ! (Dans une prochaine vie.)

Chapitre six

Trois jours plus tard
Pas d'objet

Bonjour Leo, vous allez bien ? Bise, Emmi.

15 minutes plus tard
RÉP :

Bonjour Emmi, oui, très bien. Et vous ? Leo.

Huit minutes plus tard
RE :

Très bien aussi, merci. A part la chaleur. Est-ce normal ? Nous sommes fin mai. 35 degrés en mai – cela aurait-il été possible avant ? Non, cela n'aurait pas été possible ! Et sinon ? Jusqu'ici, tout va bien ?

20 minutes plus tard
RÉP :

Oui, merci Emmi, jusqu'ici tout va très bien. Vous avez raison : il faisait 35 degrés au plus tôt fin juillet, début août, peut-être un ou deux jours par an, pas plus. Allez, mettons quatre ou cinq. Mais pas en mai, certainement pas en mai ! Cette histoire de réchauffement climatique va devenir un sujet brûlant, c'est moi qui vous le dis. Ce n'est pas juste une opération organisée par les chercheurs sur le climat pour tromper leur ennui. Nous allons devoir nous habituer à des étés de plus en plus chauds je pense.

Trois minutes plus tard
RE :

Oui, Leo, les écarts de température sont de plus en plus extrêmes. Et que faites-vous des premières chaudes journées et soirées de l'année ?

14 minutes plus tard
RÉP :

Et les orages vont être de plus en plus fréquents et de plus en plus violents. Glissements de terrain, avalanches de boue, inondations. Puis, de nouveau des périodes de sécheresse. Savez-vous ce que cela signifie ? Il est difficile de prévoir les conséquences économiques et écologiques du changement climatique.

Cinq minutes plus tard
RE :

Ananas dans les Alpes. Obligation de mettre des chaînes à neige dans les Pouilles. Rizières sur les îles Féroé.

Stand de produits antigel à Damas. Troupeaux de chameaux à Murmansk. Yacht-clubs au milieu du Sahara.

18 minutes plus tard
RÉP :

Et sur les rochers des hauts plateaux écossais, on pourra bientôt cuire un œuf au plat sans faire de feu, du moins si les poules ne se transforment pas en grills automatiques qui pondent des œufs durs même en hiver.

Deux minutes plus tard
RE :

Assez, Leo, j'en ai marre. D'accord, je capitule : comme cela s'est-il passé ? Et s'il vous plaît, s'il vous plaît, s'il vous plaît ne demandez surtout pas : « comment quoi s'est-il passé ? » Economisons nos mots, d'accord ?

13 minutes plus tard
RÉP :

Vous voulez parler de mon rendez-vous de dimanche avec Mia ? C'était sympa ! Très sympa même ! Merci de demander.

Une minute plus tard
RE :

Comment ça « rendez-vous de dimanche » ? Y a-t-il eu aussi un « rendez-vous de lundi » ?

Huit minutes plus tard
RÉP :

Oui, Emmi, c'est drôle, mais nous nous sommes revus hier soir. Nous avons mangé italien. Connaissez-vous « La Spezia », rue Kienen ? Ils ont une cour intérieure magnifique, très intime. L'endroit idéal par cette chaleur. Et surtout : très calme, bonne musique d'ambiance, excellent vin du Piémont. Je vous le recommande chaudement.

50 secondes plus tard
RE :

Vous avez eu le coup de foudre ?

18 minutes plus tard
RÉP :

Le coup de foudre ? Toujours ces expressions techniques ! Le mieux, ce serait de demander à Mia, puisque c'est une de vos meilleures amies. Elle dit même être votre meilleure amie. Emmi, je dois malheureusement m'arrêter là pour aujourd'hui. Nous nous écrirons demain, d'accord ? Bonne nuit. J'espère que la chaleur n'est pas trop insupportable dans votre chambre.

Trois minutes plus tard
RE :

Il n'est pourtant pas tard, Leo. Avez-vous quelque chose de prévu ? Un autre rendez-vous avec Mia ? Si vous la voyez aujourd'hui, vous seriez gentil de lui demander de m'appeler. Je n'arrive pas à la joindre. Bonne nuit torride, amusez-vous bien, Emmi.

Et un dernier tuyau : il faut à tout prix que vous lanciez le sujet « réchauffement climatique ». Vous en parlez de manière si captivante que Mia pourrait, j'en suis sûre, vous écouter pendant des heures.

Deux minutes plus tard
RÉP :

Je ne vois Mia que demain. Aujourd'hui, je suis juste KO, et je vais me coucher tôt. Bonne nuit, j'éteins. Leo.

30 secondes plus tard
RE :

Bonne nuit.

Trois jours plus tard
Pas d'objet

Chère Emmi, êtes-vous à la fenêtre ? Sinistre, non ? Pour moi, la grêle est comme un souffle de fin du monde. Un étrange voile ocre recouvre le ciel, il est masqué tout d'un coup par un rideau gris, et, à une vitesse incroyable, ces petits cailloux blancs crépitent par milliers sur le sol. Comment s'appelle ce film dans lequel il pleut des crapauds, ou des grenouilles, ou des poules ? Vous ne le connaissez pas, par hasard ? Je vous embrasse, Leo.

Une heure et demie plus tard
RE :

Animal farm. Le roi grenouille. Kentucky Fried Chicken. Leo, après trois jours sans nouvelles de vous, ces mails d'ambiance sur la nature me rendent folle ! Je vous en prie, trouvez quelqu'un d'autre à qui les envoyer. Je ne vous suis pas restée fidèle pendant un an dans ma boîte mails, je n'ai pas, pendant des semaines et des mois, passé un nombre incalculable d'heures avec vous, pour que nous commencions à parler averses et voile ocre sur le ciel. Si vous voulez me raconter quelque chose, faites-le. Si vous voulez savoir quelque chose, demandez-le-moi.

Mais je vaux mieux qu'une discussion sur la météo. Mia vous a-t-elle tourné la tête au point que vous ne voyez que des grêlons partout ?

Et tant qu'on est sur le sujet, j'ai quelques questions : lui avez-vous demandé de ne rien me dire de votre rendez-vous jusqu'à nouvel ordre ? A quoi riment ce contrôle pubertaire de l'information, ces cachotteries débiles ? Qu'est-ce que c'est que ce petit jeu infantile ? Cela gâche le plaisir que j'avais de recommencer à discuter avec vous Leo, je vous le dis en toute honnêteté. Bonne journée, Emmi.

Deux heures plus tard
RÉP :

Chère Emmi, je connais Mia depuis moins d'une semaine. Nous nous sommes vus quatre fois. Nous nous sommes plu d'emblée. Nous nous entendons à merveille, à bien des égards. Mais il est encore beaucoup trop tôt pour savoir comment la chose va se développer. Et beaucoup trop tôt pour l' « afficher ». Vous voyez ce que je veux dire ? Mia et moi, nous devons d'abord mettre au clair nos sentiments : qu'est-ce qui est dû à la situation dans laquelle nous nous sommes rencontrés ? Qu'est-ce qui n'est pas destiné à durer ? Qu'est-ce qui pourrait persister ? Ce sont des questions auxquelles chacun doit répondre seul, de son côté. C'est pourquoi je vous demande d'être patiente, Emmi. Plus tard, je vous expliquerai tout. Et en ce qui concerne Mia : il est probable qu'elle pense la même chose, justement parce qu'elle est votre meilleure amie. Laissez-nous un peu de temps. J'espère que vous comprendrez. Bise, Leo.

Dix minutes plus tard
RE :

Cher Leo, vous ne pouvez (pour l'instant) ni me voir ni m'entendre, donc je vous le précise : je dis ce qui va suivre avec beaucoup de calme et de flegme, lentement, sans excitation, sans crier, sans être agressive, non, non j'écris ces mots de manière conciliante, recueillie : Leo, je n'ai jamais lu un mail aussi merdique que celui que vous venez de m'imposer. Salut !

15 minutes plus tard
RÉP :

Cela me fait de la peine pour vous Emmi. Dans ce cas, mieux vaut que je fasse une pause sans mails. Quand vous aurez de nouveau envie de rentrer en contact avec le porte-parole de votre « monde extérieur », faites-moi signe. Je vous embrasse, Leo.

Cinq jours plus tard
Objet : J'ai le mal de (…)

Bonjour Leo, comment se passe le « développement de la chose » ? Avez-vous, avec Mia, fait un peu le tri dans vos sentiments ? Savez-vous ce qui « n'est pas destiné à durer » et ce qui pourrait « persister » ? Avez-vous, « chacun de votre côté », « répondu seul » à quelques questions ?

Ah, je me languis de l'ancien Leo, qui disait ce qu'il y avait à dire, et ressentait ce qu'il y avait à ressentir. J'ai le mal de lui !!! Bonne journée, Emmi.

(PS : vous savez sans doute ce qui s'est passé entre Mia et moi. Après avoir remarqué qu'elle ne savait plus quoi me dire, je l'ai priée de considérer Leo Leike comme un sujet tabou avec moi.)

Trois heures plus tard
RÉP :

Chère Emmi, votre dernière remarque était un bel euphémisme. Si mes informations sont bonnes, il y a quelques jours vous avez dit au téléphone à votre amie Mia : « Tu as le choix entre tout me raconter sur Leo et toi – ou rien du tout. Dans le deuxième cas, je propose que nous accordions à notre vieille amitié un répit bien mérité de quelques mois. »

Emmi, que vous arrive-t-il ? Je ne vous comprends pas. VOUS êtes celle qui nous a réunis, Mia et moi. VOUS teniez à ce que je la rencontre. VOUS pensiez que nous formerions un couple idéal. Pourquoi êtes-vous devenue si cynique et méchante ? Etiez-vous si sûre du complément de votre vie intérieure, si certaine de posséder Leo en dehors de votre vie familiale ? Etes-vous en colère parce que vous pensez avoir perdu votre propriété virtuelle au profit de votre meilleure amie ?

Emmi, pendant des mois vous avez été la personne dont j'étais le plus proche. J'étais (et suis encore) si heureux que toutes nos tentatives de nous rencontrer « physiquement » aient échoué. Je me fiche de votre apparence, tant que je peux vous imaginer comme je le veux. Je suis reconnaissant de ne pas avoir à apprendre qu'en réalité vous êtes tout autre que « Emmi, l'héroïne de mon roman par mails ». Pour moi, vous êtes parfaite, la plus belle du monde, personne ne vous arrive à la cheville.

Mais Emmi, pour nous il n'y a plus de progression possible. Tout le reste se déroule en dehors de nos écrans. Mia en est la meilleure preuve. Je veux

être honnête : au début, j'ai été assez énervé que
vous vouliez jouer les entremetteuses entre elle et
moi. Mon premier rendez-vous était une sorte de
défi à votre adresse, Emmi. Mais, ensuite, j'ai vite
compris ce qui faisait la différence entre elle et vous.
Vous, Emmi, vous n'osez même pas décrire votre
piano, car il n'a rien à faire dans mon monde. Mia,
elle, se penche à cinquante centimètres de moi au-
dessus d'une minuscule table, et enroule des spaghettis au pesto autour de sa cuiller. Quand elle tourne
la tête sur le côté, je sens le souffle d'air qu'elle provoque. Je peux la voir, l'entendre, la toucher, la sentir. Mia est matière. Emmi est imagination. Les deux
ont des avantages et des inconvénients. Je vous souhaite une agréable soirée, votre Leo.

30 minutes plus tard
RE :

Mon piano est noir, c'est un parallélépipède en
bois. Une partie horizontale dépasse en haut. Pour
peu que l'on soulève une plaque noire, arrondie sur
le devant, on y trouve des touches noires et blanches. Je devrais savoir par cœur combien il y en a,
mais, je suis désolée, il faut que je les compte. Puis-
je vous faire parvenir le chiffre exact plus tard,
Leo ? Quoi qu'il en soit, les touches blanches sont

plus grosses, et elles sont plus nombreuses. Quand j'en effleure une, un son sort du piano. On ne sait pas exactement d'où il vient. D'ailleurs, on ne peut pas aller vérifier pendant qu'on joue. Mais le plus important, c'est la sonorité. Si je choisis une des touches de gauche, le son sera plutôt grave. Plus la touche est à droite, plus il sera aigu. Si j'appuie plusieurs fois de suite sur différentes touches noires, cela produit une petite mélodie chinoise, une sorte de comptine orientale. Si vous voulez en savoir plus sur mes touches blanches et sur ce qu'on peut faire avec, demandez-le-moi, Leo. Mais je pense vous avoir dépeint les caractéristiques les plus importantes de mon piano. Oui, j'ai osé le décrire ! Sincèrement, votre Emmi.

Cinq minutes plus tard
RÉP :

Et vous l'avez très bien fait, Emmi. Je crois maintenant avoir une idée de votre piano. Oui, je le vois comme si je l'avais sous les yeux. Et vous, Emmi, vous êtes assise devant et comptez les touches. Merci pour le spectacle ! Bonne nuit.

Une heure plus tard
RE :

Bonsoir Leo, c'est encore moi. Je ne suis pas fatiguée. Au fond, je ne sais pas quoi dire. Je suis triste, c'est tout. Je pensais que Mia nous rapprocherait physiquement. Au contraire, elle nous éloigne de plus en plus. Et je ne peux même pas lui en vouloir, car c'était mon idée. Pour être honnête : je voulais que vous la rencontriez, mais je ne voulais pas vous réunir. Pour moi, vous étiez (et vous l'êtes toujours !) tout sauf un « couple idéal ». J'étais trop sûre d'elle, Leo. Je croyais la connaître. Je pensais qu'il était impossible que vous tombiez amoureux d'elle. Mia est attirante, sans aucun doute. Mais elle est le contraire absolu de moi. C'est une sportive pure et dure, robuste, athlétique, tout en nerfs. Chez elle, la moindre tache de naissance est musclée. Même ses poils sous les aisselles sont probablement composés de masse musculaire. Sa cage thoracique est si développée qu'on ne voit pas ses seins. Et sa peau marquée par le soleil est à elle seule une raffinerie d'huile de noix de coco. Mia, c'est la personnification du fitness. Elle doit considérer le sexe comme un exercice de flexions qui fait travailler les muscles du bassin, interrompu de façon très régulière par de petites pauses pour souffler. C'est une femme faite pour le surf, pour le jeûne thérapeutique, pour le marathon de New York. Mais ce n'est pas du tout une femme pour Leo – du moins c'est ce que je pensais. Leo, ce n'est pas comme cela que je vous imaginais. Désirer Mia, c'est me rejeter. Pouvez-vous concevoir que cela me déprime ?

Dix minutes plus tard
RÉP :

Qui a dit que je désirais Mia ? Qui a dit qu'elle me désirait ?

Deux minutes plus tard
RE :

Attendez, oh là là : Vous ! Vous ! Vous l'avez dit ! Et de quelle façon ! D'une façon atroce ! On ne peut pas faire plus atroce que votre mail nous-devons-mettre-au-clair-nos-sentiments. Vous dites : « Nous nous entendons à merveille, à bien des égards. » Aaaaaaaah – je n'aurais jamais cru cela de vous, Leo !

Cinq minutes plus tard
RÉP :

Pourtant, c'est vrai : Mia et moi nous entendons à merveille, à bien des égards. Pas un mot n'est faux. Par exemple, nous nous entendons à merveille en ce qui concerne notre opinion, nos observations et notre point de vue sur votre personne, très chère Emmi Rothner !

Trois minutes plus tard
RE :

Dites tout de suite que vous n'avez pas couché avec elle.

Quatre minutes plus tard
RÉP :

Emmi, vous vous êtes de nouveau mise dans la peau d'un homme, je me trompe ? Ne changez pas de sujet. Que j'aie couché ou non avec Mia est accessoire.

55 secondes plus tard
RE :

Accessoire ? Pas pour moi ! Quelqu'un qui couche avec Mia ne coucherait jamais avec moi, pas même mentalement. Voilà ce à quoi j'attache de l'importance.

Deux minutes plus tard
RÉP :

Ne réduisez pas en permanence notre relation au fait que nous avons parfois couché ensemble mentalement.

50 secondes plus tard
RE :

Vous avez parfois couché avec moi mentale-ment ? C'est la première fois que j'entends cette phrase. Elle sonne bien !

Une minute plus tard
RÉP :

A propos de coucher. Cette fois physiquement : bonne nuit, Emmi. Il est deux heures du matin.

30 secondes plus tard

RE :

Oui, c'est fantastique. Comme au bon vieux temps ! Bonne nuit. Emmi.

Le matin suivant

Objet : Pas un mot sur le sexe

Bonjour, Leo. Quelles observations sur ma personne partagez-vous avec Mia ? Que vous a-t-elle raconté sur moi ? Savez-vous laquelle je suis, des trois Emmi qui chaussent du 37 ? Au moins, suis-je celle dont votre sœur a dit « tu tomberais amoureux d'elle » ?

Une heure et demie plus tard

RÉP :

Vous n'allez pas me croire, Emmi, mais nous nous sommes concentrés sur votre personnalité et non pas sur votre apparence. Dès le début, j'ai fait comprendre à Mia que je ne voulais pas savoir à quoi vous ressembliez. Elle m'a répondu : « Vous ratez quelque chose ! » (C'est vraiment une bonne amie.) Bien sûr, Mia savait elle aussi que vous ne vouliez pas qu'il se passe quelque chose entre nous. Nous avons tout de suite compris les rôles que vous nous aviez assignés. Nous sommes restés assis l'un en face de l'autre – et au bout de dix minutes nous étions associés dans l'affaire Emmi Rothner.

Douze minutes plus tard
RE :

Et ensuite, pour me contrarier, vous êtes tombés amoureux.

Une minute plus tard
RÉP :

Qui a dit ça ?

Huit minutes plus tard
RE :

Leo Leike l'a dit : « Mia, elle, se penche à cinquante centimètres de moi au-dessus d'une minuscule table, et enroule des spaghettis au pesto autour de sa cuiller. » Violons. « Quand elle tourne la tête sur le côté, je sens le souffle d'air qu'elle provoque. » Violons. « Je peux la voir, l'entendre, la toucher, la sentir. » Violons. « Mia est matière. » Surcharge de fioritures. Vous savez quoi, Leo, je vous pardonne Marlene. Elle datait d'avant notre temps, et avait des droits anciens. Mais les souffles d'air de Mia quand elle tourne la tête, c'est plus que je ne peux supporter. Moi aussi, je veux tourner la tête et vous faire sentir le souffle d'air que je provoque, maître Leo ! (OK, je retire le « maître ».) Qu'a le souffle d'air de Mia de plus que le mien ? Croyez-moi, je peux provoquer des souffles d'air merveilleux quand je tourne la tête sur le côté.

20 minutes plus tard
RÉP :

Nous avons aussi parlé de votre couple, Emmi.

Trois minutes plus tard
RE :

Ah oui ? Vous revenez à votre sujet préféré ? Et qu'en dit Mia ? Vous a-t-elle avoué qu'elle ne pouvait pas supporter Bernhard ?

15 minutes plus tard
RÉP :

Non, pas du tout. Elle n'a dit sur lui que des choses positives. Elle dit que votre mariage est le mariage idéal par excellence. Elle dit que c'est effrayant, mais que tout est parfait. Elle dit que depuis qu'Emmi est en couple, elle n'a plus de points faibles. Elle a oublié comment on se laisse aller. Quand elle apparaît quelque part avec Bernhard et les deux enfants, on croit voir arriver la famille idéale. Tous sourient, tous sont aimables, tous sont heureux. Entre vous et votre mari, les mots ne sont pas nécessaires, il règne une harmonie parfaite. Oui, même le frère et la sœur s'assoient l'un à côté de l'autre et se prennent dans les bras. Idylle totale. D'après Mia, les amis qui reçoivent les Rothner à dîner seraient bien inspirés de prévoir quelques heures de thérapie ensuite. On croit soudain avoir tout faux. On a l'impression d'être un raté. Parce qu'on est avec quelqu'un qui n'est pas à nos côtés – ou qu'on ne voit plus. (Ou les deux.) Ou parce qu'on a des enfants terrorisants. Ou les trois. Ou alors, parce qu'on n'a ni l'un, ni l'autre, ni rien – on n'a personne. Comme Mia, dit Mia. Et c'est seulement en comparaison avec Emmi que cela lui semble parfois pitoyable.

18 minutes plus tard
RE :

Oui, je sais ce que Mia pense de moi, de mon couple et de ma vie de famille. Elle n'aime pas Bernhard, parce qu'elle a l'impression qu'il lui a pris quelque chose : moi, sa meilleure amie. Car, enfin, elle souffre du fait que je n'aille plus aussi mal qu'elle. Plus assez mal pour venir pleurer dans ses bras. Notre amitié est devenue à sens unique : avant, nous avions des sujets de discussion communs, des colères communes, des ennemis communs – par exemple, les hommes et leurs tares. C'était sans fin, nous avions des tonnes de choses à nous raconter, nous pouvions nous défouler. Depuis Bernhard, tout a changé. Même avec la meilleure volonté du monde, je ne pourrais rien dire de mal sur lui. Cela n'aurait aucun sens de faire exprès de m'énerver à cause de détails, juste pour feindre un sentiment de solidarité avec Mia. Nous avons des vies trop différentes. Voilà le problème entre Mia et moi.

Cinq minutes plus tard
RÉP :

Mia dit qu'il n'y a qu'une chose qui détonne dans l'image de la parfaite idylle familiale rothnerienne.

Du moins, c'est quelque chose qu'elle n'arrive pas à comprendre. Bien qu'elle en ait souvent parlé avec vous.

50 secondes plus tard
RE :

Parlé de quoi ?

40 secondes plus tard
RÉP :

De moi.

30 secondes plus tard
RE :

De vous ?

15 minutes plus tard
RÉP :

Oui, de moi, de nous, Emmi. Mia ne comprend pas pourquoi vous m'écrivez, la manière dont vous m'écrivez, ce que vous m'écrivez, la fréquence à laquelle vous m'écrivez, etc. Elle ne comprend pas pourquoi il est si important pour vous d'être en contact avec moi. Elle dit : il ne manque rien à Emmi, rien du tout. Si elle a un problème, elle sait qu'elle peut m'appeler à tout moment, ou aller voir une autre amie. Si elle a besoin de reprendre confiance en elle, elle n'a qu'à se promener dans la zone piétonne. Si elle voulait flirter, elle pourrait distribuer des numéros, mettre les types en rang et les appeler un par un. Pour tout cela, elle n'a pas besoin d'un échange de mails intensif, chronophage et épuisant. Oui, Mia ne sait pas pourquoi vous avez besoin de moi, et à quoi je vous sers Emmi.

Deux minutes plus tard
RE :

Vous ne le savez pas non plus, Leo ?

Neuf minutes plus tard
RÉP :

Je crois que si, je vous prends au mot. J'ai essayé de faire comprendre à Mia que j'étais pour Emmi une sorte d'« annexe », une petite distraction hors de son quotidien familial. Et quelqu'un qui l'estime et l'apprécie comme elle est, sans qu'elle soit obligée d'être là. Elle doit écrire, rien d'autre. Malgré tout, ces explications ne suffisent pas à Mia. Elle dit : Emmi n'a pas besoin de distractions. Elle ne dépenserait pas d'énergie pour une « distraction ». Quand Emmi s'investit, c'est qu'elle « veut » quelque chose. Et quand Emmi veut quelque chose, elle n'en veut pas seulement beaucoup. Quand Emmi veut quelque chose, elle veut tout.

Trois minutes plus tard
RE :

Peut-être que je ne connais pas Mia aussi bien que je le croyais, Leo. Quel « tout » pourrais-je vouloir de vous ? Je n'ai jamais mangé avec vous de spaghettis au pesto. Je n'ai jamais tourné la tête et provoqué un souffle d'air que vous auriez pu sentir, cher Leo. Mon amie Mia est quelque peu en avance sur moi dans ce domaine, c'est bien connu. Je ne veux pas savoir à quel point elle s'est rapprochée de votre « tout ».

Une minute plus tard
RÉP :

Cela me fait plaisir que vous ne vouliez pas le savoir, pour une fois.

50 secondes plus tard
RE :

A quel point Mia s'est-elle rapprochée de votre « tout » ?

Deux minutes plus tard
RÉP :

Tout dépend ce qu'on entend par « tout ».

55 secondes plus tard
RE :

Voyez-vous, Leo, ce sont ces fameuses réponses qui justifient « l'énergie » que je dépense en vous écrivant. Vous pouvez transmettre cela à mon amie Mia. Quand la revoyez-vous ? Aujourd'hui ?

Trois minutes plus tard
RÉP :

Non, aujourd'hui je suis invité à dîner chez des collègues. D'ailleurs, je devrais aller me préparer. Je vous souhaite une bonne soirée Emmi.

45 secondes plus tard
RE :

Et vous n'emmenez pas Mia ? Elle n'est donc pas si près que cela du « tout ».

Une minute plus tard
RÉP :

Pas si près, Emmi, si cela peut vous tranquilliser.

40 secondes plus tard
RE :

Ça me tranquillise !

50 secondes plus tard
RÉP :

Emmi. Emmi. Emmi.

Le jour suivant
Objet : Mia

Bonjour Leo, demain j'ai rendez-vous avec Mia ! Bise, Emmi.

Dix minutes plus tard
RÉP :

Bonjour Emmi, cela me fait plaisir pour vous et pour Mia. Bise de même, Leo.

50 secondes plus tard
RE :

C'est tout ce que vous en dites ?

20 minutes plus tard
RÉP :

Que vous étiez-vous imaginé Emmi ? Pensiez-vous que j'allais paniquer ? Emmi, ce n'est pas une réunion de parents, je n'ai pas séché l'école. Mia n'est pas ma prof, et vous, Emmi, vous n'êtes pas ma mère. Donc, je n'ai rien à craindre.

Trois minutes plus tard
RE :

Leo, si vous avez – vous savez quoi – avec Mia, je préfère l'apprendre de vous aujourd'hui plutôt que de Mia demain. Alors, vous allez me le dire ?

Quatre minutes plus tard
RÉP :

Si je couche avec Mia ? Si c'est le cas, peut-être Mia ne veut-elle pas que vous soyez au courant.

Une minute et demie plus tard
RE :

VOUS ne voulez pas que je sois au courant. Mais pas de chance, Leo, je le sais ! Seul quelqu'un qui couche avec Mia écrirait comme vous le faites.

13 minutes plus tard
RÉP :

Et vous trouveriez cela catastrophique ? Cela bouleverserait tout votre « monde extérieur » ? Ou alors, est-ce juste ce vieux jeu puéril : je ne peux pas avoir quelque chose, donc ma meilleure amie non plus ?

Quatre minutes plus tard
RE :

Leo, vous me semblez trop immature pour cette conversation. N'en parlons plus. Passez une agréable journée. On s'écrit, Emmi.

Dix minutes plus tard
RÉP :

Je vous ai connue de meilleure humeur, ma chère.
Oui, on s'écrit, bien sûr.

Le jour suivant
Objet : Mia

Hey Leo, j'ai vu Mia !

30 minutes plus tard
RÉP :

Je sais, Emmi, vous me l'aviez annoncé.

Deux minutes plus tard
RE :

Vous ne voulez pas savoir comment c'était ?

Quatre minutes plus tard
RÉP :

Bonne question. J'ai le choix entre deux réponses.

Soit 1. Mia me le dira. Ou alors 2. Vous, Emmi, vous allez me le raconter tout de suite. Je choisis l'option n° 2.

Une minute plus tard
RE :

Vous y étiez presque, mon cher. Demandez à Mia comment c'était. Bon après-midi !

Sept heures plus tard
RÉP :

Bonne nuit, Emmi, la prestation d'aujourd'hui était assez médiocre.

Le jour suivant
Objet : Emmi ?

Chère partenaire de mails, êtes-vous vexée ? Pourquoi ? Mia vous a-t-elle raconté quelque chose que vous ne vouliez pas entendre ?

Deux heures et demie plus tard
RE :

Leo, vous savez très bien ce que Mia m'a raconté. Vous savez aussi très bien ce que Mia ne m'a PAS raconté : « Oui, il est très gentil. Oui, nous nous entendons bien. Oui, nous nous voyons assez souvent. Oui, parfois assez tard (sourire, gloussement). Oui, il est vraiment très bien (rire idiot). Oui, c'est un homme (soupir) avec qui on peut imaginer (regard d'extase)... Mais, Emmi, que nous couchions ensemble ou pas n'a aucune importance ! Ce n'est pas l'essentiel... Ah, Emmi, pourquoi faut-il toujours que tu parles de sexe ? » Etc.

Mon bon Leo, ce n'est pas Mia. Mia, quand elle est elle-même, parle de sexe pendant des heures ! Elle décrit tous les muscles qui sont sollicités ou qui participent d'une façon ou d'une autre, même s'ils ne font que voir (ou entendre). Mia est capable, tel un médecin du sport, de décomposer un orgasme de cinq secondes en sept étapes qui demandent chacune une heure d'exposé, avec tableau de consommation de calories, etc. Voilà Mia ! Et savez-vous ce qui ne ressemble pas du tout à Mia ? « Ah, Emmi, pourquoi faut-il toujours que tu parles de sexe ! » : Ça, c'est zéro Mia, et 100 % Leo Leike. Leo, qu'avez-vous fait d'elle ? Et pourquoi ? Pour m'énerver ?

13 minutes plus tard
RÉP :

Mia ne vous a-t-elle pas demandé pourquoi vous vouliez tellement savoir si j'avais couché avec elle ou pas ? Ne vous a-t-elle pas fait remarquer que je ne cherche pas à savoir à quelle fréquence vous couchez avec votre Bernhard ? (Ok, je retire le « votre » devant « Bernhard »). Ne vous a-t-elle pas demandé ce que vous vouliez de moi ? Elle l'a fait, je me trompe ? Et qu'avez-vous répondu, Emmi ?

50 secondes plus tard
RE :

Que je voulais des mails ! (Mais pas des comme ça.)

Une minute et demie plus tard
RÉP :

Parfois, on ne les choisit pas.

Trois minutes plus tard
RÉP :

Mais je ne veux pas avoir à les choisir. Je veux qu'ils soient tous beaux. Avant, Leo, vous m'écriviez de si jolis mails. Depuis que vous couchez avec Mia, vous ne faites que tourner autour du pot. D'accord, c'est ma faute, je n'aurais pas dû vous la présenter. C'était une erreur de ma part.

Huit minutes plus tard
RÉP :

Chère Emmi, je vous promets que vous allez de nouveau recevoir un joli mail de moi, Mia ou pas Mia. Aujourd'hui, je n'ai plus le temps. Nous allons au théâtre. (Non, pas Mia et moi, mais ma sœur, quelques amis et moi.)

Bonne soirée. Leo. Et embrassez votre piano de ma part.

Cinq heures plus tard
RE :

Etes-vous déjà revenu du théâtre ? Je n'arrive pas à dormir. Vous ai-je déjà parlé du vent du nord ? Je ne le supporte pas quand ma fenêtre est ouverte. J'aimerais bien que vous m'écriviez encore quelques mots. Juste « fermez la fenêtre alors ». Et je pourrai vous rétorquer : je n'arrive pas à dormir avec la fenêtre fermée.

Cinq minutes plus tard
RÉP :

   Vous dormez avec la tête à la fenêtre ?

50 secondes plus tard
RE :

   LEO !!!! Oui, je dors avec la tête en biais sous la fenêtre.

45 secondes plus tard
RÉP :

   Et si vous faisiez une rotation de 180° pour dormir avec les orteils en biais sous la fenêtre ?

50 secondes plus tard
RE :

Ça ne marche pas, je suis trop loin de la table de chevet avec la lampe.

Une minute plus tard
RÉP :

Vous n'avez pas besoin d'une lampe pour dormir.

30 secondes plus tard
RE :

Non, mais pour lire oui.

Une minute plus tard
RÉP :

Dans ce cas, lisez – et ensuite, retournez-vous et dormez avec les orteils en biais sous la fenêtre.

40 secondes plus tard
RE :

Quand je me retourne, ça me réveille et je dois

recommencer à lire pour pouvoir m'endormir. Et là, il me manque la petite table.

30 secondes plus tard
RÉP :

J'ai trouvé ! Mettez-la de l'autre côté du lit.

35 secondes plus tard
RE :

Ça ne marche pas, le fil de la lampe est trop court.

40 secondes plus tard
RÉP :

Dommage, j'aurais pu vous prêter une rallonge.

25 secondes plus tard
RE :

Envoyez-la-moi par mail !

45 secondes plus tard
RÉP :

OK, je la mets en pièce jointe.

50 secondes plus tard
RE :

Merci, je l'ai reçue. Super fil, interminable ! Je le branche.

40 secondes plus tard
RÉP :

Faites attention à ne pas trébucher dessus pendant la nuit.

35 secondes plus tard
RE :

Ah, je vais dormir à poings fermés grâce à vous et à votre fil !

Une minute plus tard
RÉP :

Dans ce cas, le vent du nord peut souffler tant qu'il veut.

45 secondes plus tard
RE :

Leo, je vous aime beaucoup, beaucoup. Vous êtes un merveilleux remède contre le vent du nord !

30 secondes plus tard
RÉP :

Moi aussi je vous aime beaucoup, Emmi. Bonne nuit.

25 secondes plus tard
RE :

Bonne nuit. Faites de beaux rêves.

Le soir suivant
Pas d'objet

Bonsoir, Emmi. Aujourd'hui, vous avez attendu que j'écrive le premier, je me trompe ?

Cinq minutes plus tard
RE :

Leo, j'attends presque toujours que vous écriviez le premier, mais en général c'est en vain. Cette fois, j'ai tenu bon. Vous allez bien ?

Trois minutes plus tard
RÉP :

Oui, je vais bien. Je viens de parler avec Mia. Et nous avons décidé de tout vous raconter sur nous, si vous voulez encore tout savoir.

Huit minutes plus tard
RE :

Je ne saurai qu'après si je voulais le savoir. Mais vous me l'avez annoncé de manière si pompeuse qu'il n'est pas improbable que je comprenne après que je ne voulais pas le savoir. Si c'est une histoire d'amour avec grossesse, voyage à Venise et date fixée pour le mariage, alors épargnez-la-moi. Aujourd'hui, j'ai déjà eu des démêlés avec un client. En plus, j'ai mes règles.

Quatre minutes plus tard
RÉP :

Non, ce n'est pas une histoire d'amour. Cela n'en a jamais été une. Et je m'étonne que vous en ayez douté à ce point-là. Avant, vous étiez plutôt sûre de votre coup. « Votre coup », oui, c'est bien cela. Dois-je entrer dans les détails ?

Six minutes plus tard
RE :

Leo, c'est injuste ! Je n'étais sûre d'aucun coup. Il n'y avait pas de « coup ». Avant, je n'avais pas réfléchi à ce qui pourrait se passer si vous rencontriez mon amie. J'étais juste curieuse de ce qu'elle dirait – et de ce que vous diriez, Leo. Quand vous l'avez dit, ou plutôt quand vous n'avez RIEN dit, j'ai commencé à comprendre que ce que vous ne disiez PAS,

Mia et vous, me déplaisait. Mais racontez-moi la suite. De toute façon, vous avez déjà écrit la phrase la plus importante (la première). Maintenant, il ne peut plus se passer grand-chose.

Une heure et demie plus tard
RÉP :

Mia et moi, nous nous sommes vus pour la première fois le dimanche après-midi dans un café, et nous avons compris tout de suite pourquoi nous étions là – pas pour nous, mais pour vous. Nous n'avions aucune chance de nous rapprocher, voire de tomber amoureux. Nous étions l'inverse de personnes faites l'une pour l'autre. Dès le premier coup d'œil, nous avons eu l'impression d'être des marionnettes, des pions que vous veniez de déplacer, chère Emmi. En revanche, nous n'avons pas compris « le jeu ». Et aujourd'hui encore, il reste incompréhensible. Emmi, vous savez que Mia ne jure que par vous, qu'elle vous admire et qu'elle vous envie. Etait-ce censé faire croître mon intérêt pour vous ? Si oui, dans quel but ? Vouliez-vous que je sache à quel point votre vie de famille est parfaite et idyllique ? Pourquoi ? Quel est le lien avec nos mails ? Cela vous permet-il de dormir en empêchant le vent du nord de rentrer par votre fenêtre ?

Et Mia : elle ne vous reconnaît plus. Elle a senti une chose, dès le début : j'étais intouchable pour elle. Je portais autour du cou un panneau : « Propriété d'Emmi ! Interdiction de toucher ! » Mia s'est sentie réduite au rôle d'observatrice. Elle devait vous donner tous les détails possibles, elle devait vous amener sur un plateau la facette de moi que vous ne connaissez pas, mon physique, pour que vous puissiez vous faire une image complète.

Bien, Emmi, Mia et moi n'étions pas prêts à rentrer dans les rôles que vous nous aviez attribués. Nous étions décidés à vous gâcher votre petit jeu tordu. Oui, nous étions d'humeur frondeuse, nous ne sommes certes pas tombés amoureux mais nous avons couché ensemble. Cela nous a fait du bien à tous les deux, c'était agréable. Cela s'est passé sans trop de palpitations, sans beaucoup de désir, sans grande passion. Nous étions contents de vous contrarier. C'était la chose la plus simple et la plus honnête du monde. Nous étions vraiment fâchés contre vous ! Nous avons créé notre propre jeu dans le jeu. Cela a fonctionné une nuit, mais pas deux. Sur le long terme, on ne peut coucher qu' « avec » quelqu'un, pas contre un ennemi commun. Et il était évident qu'il n'y avait rien à construire entre Mia et moi. Mais nous avons continué à nous voir, c'était agréable de discuter, oui, nous nous aimions bien (nous nous aimons bien) et cela nous plaisait de vous tenir à distance, Emmi. Une petite punition pour votre arrogance.

Voilà l'histoire. Je suis impatient de savoir si vous comprenez – et comment vous digérez tout cela, ma chère partenaire de mails. Entre-temps, la nuit est tombée. Pleine lune, à ce que je vois. Et le vent du nord a faibli. Vous pouvez garder la tête à côté de la fenêtre. Bonne nuit !

Deux jours plus tard
Pas d'objet

Chère Emmi, quand on reste en suspens pendant deux jours, comme moi à cause de vous en ce moment, on se sent assez pitoyable. Je vous invite donc poliment à me répondre. Ramenez-moi sur le sol avec rudesse, mais ne me laissez pas en l'air. Avec l'expression de ma considération distinguée, votre Leo.

Le jour suivant
Objet : Digestion

Bonjour Leo, Jonas s'est démis le bras en jouant au volley. Nous avons passé deux nuits à l'hôpital. Voilà un petit avant-goût d'idylle familiale.

Venons-en à ma digestion. J'ai essayé plusieurs fois de digérer votre mail, malheureusement il continuait à me donner la nausée. A présent, c'est devenu une fade bouillie. Vous demandez si je voulais que Mia vous dise à quel point ma vie de famille est parfaite et idyllique ? Cher Leo, avec Mia vous commettez une grosse erreur. Ma vie de famille, avec tous ses bons côtés, est loin d'être parfaite. La « vie de famille » en soi ne repose pas sur la perfection mais sur l'endurance, la patience, l'indulgence et les bras démis des enfants. Puis-je, exceptionnellement, me référer à une longue expérience que – désolée – je ne reconnais ni à vous ni à Mia ? « Idylle familiale » est un oxymore, une association de mots qui se contredisent : on a soit la famille, soit l'idylle.

Bien, et maintenant quelques mots sur votre « jeu dans le jeu ». Vous avez couché avec Mia parce que vous étiez tous les deux fâchés contre moi ? C'est la chose la plus puérile que j'ai entendue depuis longtemps. Leo, Leo ! Vous perdez des points.

Chapitre sept

Objet : Rangement

Bonjour Emmi. Comment allez-vous ? Je ne vais pas très bien. Je ne suis pas non plus très fier de moi. Je n'aurais pas dû rencontrer Mia. J'aurais dû savoir qu'aussi absurde que cela puisse paraître, ça m'attacherait encore plus à vous, Emmi. J'ai pensé que c'était votre but, je vous l'ai reproché. Je retire la moitié de ce que j'ai dit. Je crois que c'était notre objectif à tous les deux. Mais jusqu'à aujourd'hui, nous n'avions pas osé nous l'avouer. Mia était une intermédiaire entre nous. Vous me l'avez collée sur le dos. Et, avec elle, je me suis vengé. Ce n'était pas injuste envers elle. L'intérêt croissant que Mia éprouve pour moi correspond en fait à celui qu'elle éprouve pour vous, Emmi. Je crois que c'est à vous de faire un pas vers votre amie. Et c'est à moi de me retirer. Il faut que je fasse un peu de rangement dans ma vie. Je vous souhaite une bonne fin de journée. Leo.

Une heure plus tard
RE :

Et qu'allez-vous ranger ensuite, Leo ? Moi ?

Huit minutes plus tard
RÉP :

J'ai toujours pensé que les mails étaient, d'eux-mêmes, assez rangés. Mais je crois que, là aussi, il faudrait, bientôt, que je donne un coup de frein.

Quatre minutes plus tard
RE :

Leo l'Hésitant est de nouveau dans son élément : « Je crois », « Il faudrait », « Bientôt », « Donner un coup de frein ». Vous trouvez ça drôle de me faire partager vos reculades penaudes ? Je vous en prie, Leo : donnez un coup de frein, mais faites-le bien !!! Et ne me tourmentez pas avec : je crois, il faudrait,

là aussi bientôt je vais… Cela va bientôt, là aussi,
devenir agaçant !

Trois minutes plus tard
RÉP :

OK, je donne un coup de frein.

40 secondes plus tard
RE :

Enfin.

35 secondes plus tard
RÉP :

C'est fait.

25 secondes plus tard
RE :

Et maintenant ?

Deux minutes plus tard
RÉP :

Je ne sais pas encore. J'attends l'arrêt.

25 secondes plus tard
RE :

Le voilà. Bonne nuit !

Deux jours plus tard
Pas d'objet

Bonjour Emmi, qu'est-ce que cela veut dire, nous ne nous écrivons plus du tout ?

Sept heures plus tard
RE :

Apparemment non.

Le jour suivant
Pas d'objet

Cela fait du bien pour une fois de ne pas recevoir de mails.

Deux heures et demie plus tard
RÉP :

Oui, on pourrait s'y habituer.

Quatre heures plus tard
RE :

C'est là qu'on se rend compte à quel point c'était fatigant.

Cinq heures et demie plus tard
RÉP :

Stress. Stress total.

Le jour suivant
Pas d'objet

Et comment va Mia ?

Deux heures plus tard
RÉP :

Aucune idée, nous ne nous voyons plus.

Huit heures plus tard
RE :

Ah bon ? Dommage.

Trois minutes plus tard
RÉP :

Oui, dommage.

Le jour suivant
Pas d'objet

On s'amuse beaucoup avec vous, Leo.

Neuf heures plus tard
RÉP :

Merci, je ne peux que vous retourner le compliment.

Le jour suivant
Pas d'objet

Au fait, comment va Marlene ? Avez-vous récidivé ?

Trois heures plus tard
RÉP :

Non, pas encore, mais j'y travaille. Et que fait la famille ? Comment va le genou de Jonas ?

Deux heures plus tard
RE :

Le bras.

Cinq minutes plus tard
RÉP :

C'est vrai, pardon, comment va son bras ?

Trois heures et demie plus tard
RE :

On ne le voit pas. Il est plâtré.

Une demi-heure plus tard
RÉP :

Ah bon. Ah oui. C'est sûr.

Deux jours plus tard
Pas d'objet

C'est triste Emmi, nous n'avons plus rien à nous dire.

Dix minutes plus tard
RE :

Peut-être n'avons-nous jamais rien eu à nous dire.

Huit minutes plus tard
RÉP :

Mais nous avons beaucoup parlé.

20 minutes plus tard
RE :

Nous avons parlé comme des muets. Des mots vides.

Cinq minutes plus tard
RÉP :

Si vous le dites, cela doit être vrai.

Douze minutes plus tard
RE :

Quelle bonne idée d'avoir donné un coup de frein.

Trois minutes plus tard
RÉP :

C'est vous qui avez annoncé l'arrêt, Emmi !

Huit minutes plus tard
RE :

Et vous le décrétez tous les jours.

Cinq heures plus tard
RÉP :

Devrions-nous tout arrêter ?

Trois minutes plus tard
RE :

C'est déjà fait.

50 secondes plus tard
RÉP :

Vous êtes douée pour démoraliser les gens.

Deux minutes plus tard
RE :

C'est vous qui me l'avez appris, Leo. Bonne nuit.

Trois minutes plus tard
RÉP :

Bonne nuit.

Deux minutes plus tard
RE :

Bonne nuit.

Une minute plus tard
RÉP :

Bonne nuit.

50 secondes plus tard
RE :

Bonne nuit.

40 secondes plus tard
RÉP :

Bonne nuit.

20 secondes plus tard
RE :

Bonne nuit.

Deux minutes plus tard
RÉP :

Il est trois heures du matin. Est-ce que le vent du nord souffle encore ? Bonne nuit.

15 minutes plus tard
RE :

Trois heures et dix-sept minutes. Vent d'ouest, il ne me fait ni chaud ni froid. Bonne nuit.

Le matin suivant
Objet : Bonjour

Bonjour, Leo.

Trois minutes plus tard
RÉP :

Bonjour, Emmi.

20 minutes plus tard
RE :

Ce soir, je pars au Portugal pour deux semaines : vacances à la mer avec les enfants. Leo, serez-vous toujours là quand je reviendrai ? Il faut que je le sache. Quand j'écris « là », je veux dire… qu'est-ce que je veux dire en fait ? Je veux dire : juste là. Vous me comprenez. J'ai peur que vous disparaissiez. Je veux bien freiner. Je veux bien arrêter. Je veux bien des mots vides et muets. Mais des mots vides et muets AVEC vous, pas sans vous !

18 minutes plus tard
RÉP :

Oui, chère Emmi, je ne vais pas vous attendre, mais je serai là quand vous reviendrez. Je suis toujours là pour vous, même à l'arrêt. Nous verrons ce qui se passera après ces quinze jours de « pause ». Peut-être nous feront-ils du bien. Je trouve que nous nous y sommes déjà habitués ces derniers jours. Je vous embrasse, Leo.

Deux heures plus tard
RE :

Encore une chose avant que je parte, Leo. Je vous en prie, soyez honnête ! Avez-vous perdu tout intérêt pour moi ?

Cinq minutes plus tard
RÉP :

Tout à fait honnête ?

Huit minutes plus tard
RE :

Oui, tout à fait honnête. Honnête et rapide, s'il vous plaît ! Je dois emmener Jonas se faire enlever son plâtre.

50 secondes plus tard
RÉP :

Quand je vois un nouveau mail de vous, mon cœur bat. Aujourd'hui, comme hier et comme il y a sept mois.

40 secondes plus tard
RE :

Malgré les mots vides et muets ? C'est gentil !!!! Vacances sauvées ! Au revoir.

45 secondes plus tard
RÉP :

Au revoir.

Huit jours plus tard
Pas d'objet

Bonjour Leo, je suis dans un cybercafé à Porto. Je vous écris un message rapide, pour que votre cœur ne s'arrête pas pour cause d'« absence de battements ». Chez nous, tout va bien : le petit a la colique depuis le début des vacances, la grande est tombée amoureuse d'un prof de surf portugais. Plus que six jours ! Je me réjouis de vous retrouver ! (PS : ne commencez pas par Marlene.)

Six jours plus tard
Objet : Bonjour !

Cher Leo, je suis de retour. Comment était la « pause » ? Quoi de neuf ? Vous m'avez manqué ! Vous ne m'avez pas écrit. Pourquoi ? Je redoute votre premier mail. Et je redoute encore plus que vous me fassiez attendre. Question : comment allons-nous continuer ?

15 minutes plus tard
RÉP :

Emmi, vous n'avez pas de raison de redouter mon premier mail. Le voici, et il est tout à fait inoffensif.

1. Quoi de neuf ? Rien.

2. La pause était… longue.

3. Je ne vous ai pas écrit parce que… nous faisions une pause.

4. Vous aussi vous m'avez… manqué ! (Peut-être plus que l'inverse. Au moins, vous étiez occupée à défendre une fille de seize ans contre un prof de surf portugais. Comment cela s'est-il terminé ?)

5. Comment allons-nous continuer ? Il y a trois possibilités : comme avant. Arrêter. Se rencontrer.

Deux minutes plus tard
RE :

Pour le 4. Fiona va immigrer au Portugal et épouser le prof de surf. Elle n'est revenue avec nous que pour prendre ses affaires. C'est ce qu'elle croit.

Pour le 5. Je suis pour… la rencontre !

Trois minutes plus tard
RÉP :

Hier soir j'ai fait de vous un rêve intense, Emmi.

Deux minutes plus tard
RE :

C'est vrai ? Cela m'est déjà arrivé aussi. Je veux dire que j'ai parfois fait de vous des rêves intenses. Que voulez-vous dire par « intense » ? Le rêve était-il seulement intense, ou aussi un peu érotique ?

35 secondes plus tard
RÉP :

Oui, très érotique !

45 secondes plus tard
RE :

Vous êtes sérieux ? Cela ne vous ressemble pas.

Une minute plus tard
RÉP :

Moi aussi j'ai été surpris.

30 secondes plus tard
RE :

Et ??? Des détails ! Que faisions-nous ? Comment étais-je ? A quoi ressemblait mon visage ?

Une minute plus tard
RÉP :

Je n'ai pas vu grand-chose de votre visage.

Une minute et demie plus tard
RE :

Hey Leo, vous alors ! J'étais probablement l'Emmi blonde du café, avec de gros seins à palper.

50 secondes plus tard
RÉP :

Qu'est-ce que vous avez avec les gros seins ? Vous avez un problème de gros seins ?

Deux minutes plus tard
RE :

Voilà ce que j'admire chez vous, Leo. Vous ne voulez pas savoir si j'ai des gros seins. Vous voulez savoir si j'ai un problème de gros seins. C'est une attitude si peu masculine qu'on pourrait en déduire que vous avez un syndrome avancé de problème-de-gros-seins.

Trois minutes plus tard
RÉP :

Emmi, vous pouvez penser que je suis asexué, mais qu'ils soient gros, petits, potelés, maigres, abondants, plats, ronds, ovales ou anguleux – les seins ne m'intéressent pas si je ne connais pas le visage. Du moins, je n'ai pas le talent nécessaire pour faire abstraction de tout ce qui fait une femme et ne m'intéresser qu'à la taille de ses seins.

Une minute plus tard
RE :

Ha, vous vous contredisez ! Il y a trois mails, vous m'avez raconté un rêve très érotique, dans lequel vous aviez tout vu de moi, sauf mon visage. Dites tout de suite qu'il n'a pas été question de mes seins.

55 secondes plus tard
RÉP :

Dans mon rêve, je n'ai vu ni votre visage, ni vos seins, ni aucune autre partie de votre corps. J'ai tout ressenti.

Une minute et demie plus tard
RE :

Si vous ne m'avez pas vue, comment savez-vous que j'étais la femme que vous avez pelotée à l'aveuglette ?

Une minute plus tard
RÉP :

Parce qu'il n'y a qu'une seule femme qui s'exprime comme vous : vous !

Deux minutes et demie plus tard
RE :

Nous avons donc parlé pendant que vous me pelotiez à l'aveuglette ?

50 secondes plus tard
RÉP :

Je ne vous ai pas pelotée à l'aveuglette, je vous ai ressentie, il y a une grande différence. Et nous avons parlé (entre autres).

35 secondes plus tard
RE :

Très érotique !

Une minute et demie plus tard
RÉP :

Vous n'y comprenez rien, Emmi. Dans de telles occasions, vous vous mettez visiblement trop dans la peau de « vos » hommes.

Deux minutes plus tard
RE :

D'un côté « mes hommes », de l'autre – « the one and only one » Leo, l'Insensible aux seins. Terminons aujourd'hui sur cette noble distinction. Je dois m'arrêter, j'ai encore des choses à faire. Je vous écris demain. A bientôt, Emmi.

Le jour suivant
Objet : Rencontre

Alors, Leo, voulez-vous que nous nous donnions rendez-vous ? J'ai tout le temps qu'il me faut. Bernhard est parti faire une semaine de randonnée avec les enfants. Je suis toute seule.

Cinq heures et demie plus tard
RE :

Hey Leo, mon mail vous a-t-il coupé la langue ?

Cinq minutes plus tard
REP :

Non, Emmi, je réfléchis.

Dix minutes plus tard
RE :

Ce n'est pas bon signe. Je sais exactement à quoi vous réfléchissez. Leo, s'il vous plaît, donnons-nous rendez-vous ! C'est peut-être le dernier moment judicieux pour le faire, ne le ratons pas. Que risquez-vous ? Qu'avez-vous à perdre ?

Deux minutes plus tard
RÉP :

1. Vous
2. Moi
3. Nous

17 minutes plus tard
RE :

Leo, vous avez une peur panique du contact humain. Nous allons nous voir, nous allons nous apprécier, nous allons parler comme nous avons toujours parlé, mais à l'oral. Nous serons à l'aise dès la première minute. Au bout d'une heure, nous aurons du mal à imaginer que nous aurions pu ne jamais nous voir. Nous nous assiérons à une petite

table dans un restaurant italien. Je mangerai des spaghettis au pesto sous vos yeux. (Puis-je les prendre
plutôt aux palourdes ?) Et je pencherai la tête sur le
côté pour vous faire sentir le souffle d'air que je provoque, cher Leo. Enfin un vrai souffle d'air, physique, libérateur, antivirtuel !!!

Une heure et demie plus tard
RÉP :

Emmi, vous n'êtes pas Mia. Je n'attendais rien de
Mia – et vice versa. Mia et moi, nous avons commencé par le début, par les étapes habituelles de la
rencontre. Pour nous, c'est différent, Emmi : nous
partons de la ligne d'arrivée, et il n'y a qu'une direction possible : en arrière. Nous faisons route vers le
désenchantement. Nous ne pouvons pas vivre ce que
nous écrivons. Nous ne pouvons pas remplacer les
nombreuses images que nous nous faisons l'un de
l'autre. Je serai déçu si vous n'êtes pas à la hauteur de
l'Emmi que je connais. Et vous ne serez pas à la hauteur ! Vous serez déprimée si je ne suis pas à la hauteur du Leo que vous connaissez. Et je ne serai pas à
la hauteur ! Après notre premier (et dernier) rendez-
vous, nous partirons consternés, apathiques, comme
après un copieux repas qui ne nous a pas plu alors
que nous l'attendions depuis un an, affamés, et que

nous l'avions laissé mijoter pendant des mois. Et
après ? Fini. Terminé. Mangé. Faire comme si rien ne
s'était passé ? Emmi, nous aurons pour toujours à
l'esprit le reflet démythifié, démasqué, dépouillé de
toute poésie, décevant et abîmé de l'autre. Nous ne
saurons plus quoi nous écrire. Nous ne saurons plus
pourquoi nous écrire. Et un jour, plus tard, nous
nous croiserons dans un café ou dans le métro. Nous
essaierons de faire comme si nous ne nous connais-
sions pas, ou comme si nous ne nous étions pas vus,
nous nous tournerons rapidement le dos. Nous
serons embarrassés par ce qu'est devenu notre
« nous », par ce qu'il en reste. Rien. Deux personnes
étrangères l'une à l'autre, avec un simulacre de passé
commun, par lequel ils se sont laissé tromper sans
vergogne pendant si longtemps.

Trois minutes plus tard
RE :

Et, tous les jours, des centaines d'espèces animales
disparaissent.

Une minute plus tard
RÉP :

Quel est le rapport ?

55 secondes plus tard
RE :

Leo, vous vous lamentez, lamentez, lamentez, lamentez, lamentez. Vous peignez tout en noir, en noir, en noir, en noir.

25 secondes plus tard
RÉP :

En noir.

40 secondes plus tard
RE :

???

Une minute et demie plus tard
RÉP :

En noir. (Vous en aviez oublié un, cinq fois « lamentez », cinq fois « en noir ». Ou alors quatre fois « lamentez » et quatre fois « en noir », dans ce cas il y avait un « lamentez » en trop.)

Deux minutes plus tard
RE :

Bien vu, bien corrigé. Typique Leo, d'une méticulosité un peu maladive, mais si exact et attentif. J'aimerais bien voir vos yeux, vos vrais yeux ! Bonne nuit. Rêvez de moi ! Et n'hésitez pas à me jeter un coup d'œil !

Trois minutes plus tard
REP :

Bonne nuit, Emmi. Désolé, je suis comme je suis, comme je suis, comme je suis.

Deux jours plus tard
Objet : Rencontre « light »

Bon après-midi, Emmi. Etes-vous (toujours) vexée, ou voulez-vous boire quelques verres de vin avec moi ce soir ? Avec espoir, votre Leo.

Une heure et demie plus tard
RE :

Bonjour Leo, ce soir j'ai un « vrai » rendez-vous avec Mia. Nous avons décidé de passer la soirée « comme au bon vieux temps », et de la laisser dériver, pour ne pas dire dégénérer, jusque dans le dernier bar encore ouvert. Autrement dit : il y a des chances pour que je ne rentre pas avant cinq heures du matin.

16 minutes plus tard
RÉP :

OK. Oui, il faut en profiter, quand la famille n'est pas là. Embrassez Mia de ma part. Et bonne soirée.

Huit minutes plus tard
RE :

Voilà un des rares mails qui ne me donne pas envie de savoir à quoi vous ressemblez quand vous écrivez. (Du reste : vous vous faites une idée bien sage de la famille – ou du moins de la mienne. Je n'ai pas besoin d'attendre qu'ils soient absents pour sortir jusqu'à cinq heures du matin. Je peux le faire quand j'en ai envie.)

Trois minutes plus tard
RÉP :

Et moi, pouvez-vous aussi me voir quand vous en avez envie ? Que Bernhard soit une semaine à la montagne avec les enfants ou qu'il soit à la maison dans la pièce voisine (et susceptible à tout moment de rentrer dans votre chambre) ?

20 minutes plus tard
RE :

LEO, ENFIN C'EST DIT !!! Vous auriez pu vous dispenser de votre verbiage pessimiste d'avant-hier sur la première rencontre décevante et destructrice de reflets. En fait, ce n'est pas cela votre problème. Votre problème s'appelle Bernhard. Vous pensez que passer après lui n'est pas digne de vous. Vous ne voulez pas me voir, parce qu'en théorie vous ne pourrez pas m' « avoir », que vous en ayez envie ou pas d'ailleurs. Par mail, vous m'avez pour vous tout seul, et vous vous débrouillez à merveille, vous pouvez vous rapprocher ou vous éloigner selon votre envie. Je me trompe ?

45 minutes plus tard
RÉP :

Emmi, vous n'avez pas répondu à ma question. Me donneriez-vous rendez-vous (en auriez-vous envie ?) si votre mari était chez vous, dans la pièce voisine ? Et (question bonus) que lui diriez-vous ? Peut-être : « Dis donc chéri, ce soir j'ai rendez-vous avec un homme avec qui je corresponds depuis un an, en général plusieurs fois par jour, de « bonjour » à « bonne nuit ». Souvent, il est le premier de la journée à entendre parler de moi. Souvent, il est le dernier à qui je parle avant d'aller me coucher. Et la nuit, quand je n'arrive pas à dormir, quand le vent du nord souffle, je ne viens pas te voir, chéri. Non, j'écris un mail à cet homme. Et il me répond. Dans ma tête, ce type est un merveilleux remède contre le vent du nord. Ce que nous nous écrivons ? Oh, rien que des choses personnelles, des choses sur nous, ce que nous ferions tous les deux si je ne vous avais pas, chéri, toi et les enfants. Oui, et comme je te le disais, je vais le voir ce soir... »

Cinq minutes plus tard
RE :

Je n'appelle jamais mon mari « chéri ».

50 secondes plus tard
RÉP :

Oh, pardon Emmi, naturellement vous lui dites : Bernhard. C'est plus respectueux.

Quatre minutes plus tard
RE :

Leo, ne soyez pas fâché, vous avez du bon fonctionnement d'un mariage une image lamentable. Savez-vous ce que je dirais à Bernhard si je voulais vous voir un soir ? Je dirais : « Bernhard, je sors ce soir. Je vais voir un ami. Je vais peut-être rentrer tard. » Et savez-vous ce que répliquerait Bernhard ? « Bonne soirée, amusez-vous bien ! » Et savez-vous pourquoi il dirait cela ?

Une minute plus tard
RÉP :

Parce qu'il se fiche de ce que vous faites ?

40 secondes plus tard
RE :

Parce qu'il me fait confiance !

Une minute plus tard
RÉP :

Confiance ?

50 secondes plus tard
RE :

Il sait que je ne ferais rien qui puisse remettre en question notre vie commune.

Neuf minutes plus tard
RÉP :

Ah oui, c'est vrai, vous vous rendez juste dans votre « monde extérieur », sans importance pour votre famille. Le monde intérieur reste intact. Emmi, admettons que vous tombiez amoureuse de moi et moi de vous, admettons que nous commencions une idylle, une aventure, une liaison... appelez cela

comme vous voulez, Emmi, cela ne remettrait-il pas
en question votre vie commune avec Bernhard ?

Douze minutes plus tard
RE :

Leo, vous partez d'une hypothèse erronée : je ne
vais pas tomber amoureuse de vous ! Il n'y aura pas
d'idylle, d'aventure, de liaison, quel que soit le mot
que vous choisissiez ! C'est juste une rencontre.
Comme quand on a rendez-vous avec un très bon ami
de longue date, qu'on n'a pas vu depuis longtemps.
Avec la petite différence qu'on ne l'a jamais vu. Au
lieu de « Leo, tu n'as pas changé », je dirai « Leo, voilà
à quoi vous ressemblez ! » C'est aussi simple que cela !

Huit minutes plus tard
RÉP :

Vous voulez dire que vous seriez satisfaite, si MOI
seulement je tombais amoureux de VOUS, à sens
unique si je puis dire. Ensuite, je vous écrirais une vie
durant des mails ardents, véhéments, déchirants. Sui-
vraient des poèmes, des chansons, peut-être même
des comédies musicales et des opéras, imprégnés
d'une passion non assouvie. Vous pourriez alors vous

dire à vous-même, ou à Bernhard, ou aux deux : tu vois, c'est bien que je l'ai rencontré à l'époque.

40 secondes plus tard
RE :

Marlene a dû faire des dégâts chez vous !

Quatre minutes et demie plus tard
RÉP :

Ne changez pas de sujet, Emmi. Pour une fois, Marlene n'a pas le moindre rapport avec cette affaire. C'est quelque chose entre nous deux, ou devrais-je dire : entre nous trois. D'une certaine manière, votre mari est concerné lui aussi, et il ne sert à rien de s'acharner à le nier. Et je ne vous crois pas, quand vous dites que c'est un hasard, si vous voulez me rencontrer justement quand vous le savez loin dans les montagnes.

Deux minutes plus tard
RE :

Non, ce n'est pas un hasard. Cette semaine, j'ai plus de temps pour moi, c'est tout. Du temps que j'ai envie de passer avec des gens que j'apprécie. Du temps pour des amis, ou pour ceux qui pourraient le devenir. En parlant de temps : il est bientôt huit heures. Je dois y aller, Mia doit m'attendre. Bonne soirée Leo.

Cinq heures plus tard
RE : Leo ?

Bonjour Leo, seriez-vous encore debout par hasard ? Voulez-vous boire un verre de vin avec moi ? Leo, Leo, Leo. Je ne vais pas bien du tout. Emmi.

Treize minutes plus tard
RÉP :

Oui, je suis encore debout. C'est-à-dire : je me suis relevé. J'avais activé mon alarme-Emmi. J'ai monté au maximum le son qui annonce un nouveau mail, et posé l'ordinateur à côté de mon oreiller. Tout à l'heure, cela m'a tiré du lit.

Emmi, je savais que vous m'écririez encore ce soir ! Quelle heure est-il d'ailleurs ? Ah, un peu plus de minuit. Vous n'avez pas tenu très longtemps, Mia et vous ! (Je ne boirai plus de vin aujourd'hui. Je me suis lavé les dents. Et le vin après le dentifrice, c'est comme une soupe aux vermicelles avec le café du matin.)

Deux minutes plus tard
RE :

Leo, je suis teeelllllement contente que vous me répondiez !!! Comment saviez-vous que je vous écrirais encore ?

Sept minutes plus tard
RÉP :

1. Parce que vous avez envie de passer du temps avec des gens que vous appréciez. Du temps « pour des amis, ou pour ceux qui pourraient le devenir ».
2. Parce que vous êtes toute seule chez vous.
3. Parce que vous vous sentez seule.
4. Parce que le vent du nord souffle.

Deux minutes plus tard
RE :

Merci, Leo, de ne pas m'en vouloir. Hier, je vous ai écrit des mails terriblement terre à terre. Vous

n'êtes pas un simple ami pour moi. Vous êtes beaucoup, beaucoup plus important. Vous êtes pour moi.
Vous êtes. Vous êtes. Vous êtes celui qui répond à
mes questions sincères : oui, je me sens seule, et
c'est pour cela que je vous écris !

40 secondes plus tard
RÉP :

Et comment s'est passée la soirée avec Mia ?

Deux minutes et demie plus tard
RE :

C'était horrible ! Elle n'aime pas la façon dont je
parle de Bernhard. Elle n'aime pas la façon dont je
parle de mon mariage. Elle n'aime pas la façon dont
je parle de ma famille. Elle n'aime pas la façon dont
je parle de mes mails. Elle n'aime pas la façon dont
je parle de mon… de Leo. Elle n'aime pas la façon
dont je parle. Elle n'aime pas que je parle. Elle
n'aime pas. Elle ne m'aime pas.

Une minute plus tard
RÉP :

Pourquoi parlez-vous de ces choses-là ? Je croyais que vous vouliez faire le tour des bars, comme au bon vieux temps.

Trois minutes plus tard
RE :

On ne peut pas reproduire le bon vieux temps. Comme son nom l'indique, ce temps est vieux. Le nouveau temps ne peut jamais être comme le bon vieux temps. S'il essaie, il semble aussi défraîchi et usé que celui qu'il souhaite voir revenir. Il ne faut pas regretter le bon vieux temps, sous peine de devenir soi-même vieux et amer. Dois-je vous l'avouer ? Je n'avais qu'une envie, rentrer chez moi – auprès de Leo.

50 secondes plus tard
RÉP :

Cela me fait plaisir, d'être devenu votre chez-vous !

Deux minutes plus tard
RE :

Leo, soyez honnête, que pensez-vous de mon couple, après tout ce que Mia et moi vous en avons dit ? S'il vous plaît, soyez honnête !

Quatre minutes plus tard
RÉP :

Pffff – est-ce vraiment une question à poser à minuit et demi ? Et : ne vouliez-vous pas tenir votre « vie intérieure » le plus loin possible de moi ? Mais d'accord, très bien : je pense que votre mariage marche bien.

45 secondes plus tard
RE :

« Marche bien » : est-ce dédaigneux ? Est-ce négatif ? Pourquoi toutes les personnes qui comptent me font-elles comprendre qu'une relation « qui marche bien » est une mauvaise relation ?

Six minutes plus tard
RÉP :

Emmi, ce n'était pas dédaigneux. Si quelque chose marche bien, cela ne peut pas être négatif, si ? Ce n'est négatif que lorsque cela ne marche plus. Alors, on devrait se demander pourquoi cela ne marche plus. Ou : cela pourrait-il marcher mieux ? Mais Emmi, je crois être la mauvaise personne pour parler avec vous de Bernhard et de votre mariage. Mia n'est probablement pas la bonne personne non plus. Bernhard, oui, Bernhard serait la bonne personne, je pense.

13 minutes plus tard
RÉP :

Hey, Emmi, vous êtes-vous endormie ?

35 secondes plus tard
RE :

Leo, j'aimerais entendre votre voix.

25 secondes plus tard
RÉP :

Pardon ?

40 secondes plus tard
RE :

J'aimerais entendre votre voix !

Trois minutes plus tard
RÉP :

Vraiment ? Et comment faire, d'après vous ?
Voulez-vous que j'enregistre une bande audio et que je
vous la fasse parvenir ? Que souhaitez-vous entendre ?
Un simple essai de voix « vingt et un, vingt-deux,
vingt-trois » ? Ou une chanson ? (Quand j'arrive par
hasard à maîtriser un air, il ne m'échappe plus, et
cela ne sonne pas mal du tout.) Vous pourriez
m'accompagner au piano…

55 secondes plus tard

RE :

Maintenant ! LEO, J'AIMERAIS ENTENDRE VOTRE VOIX. Je vous en prie, faites-moi plaisir. Appelez-moi. 83 17 433. Laissez un message sur mon répondeur. S'il vous plaît, s'il vous plaît, s'il vous plaît ! Juste quelques mots.

Une minute plus tard

RÉP :

Et moi, j'aimerais bien savoir comment vous prononcez les phrases que vous écrivez en majuscules. En criant ? Est-ce un cri strident ? Un glapissement ?

Deux minutes plus tard

RE :

OK Leo, je vous fais une proposition : vous m'appelez et vous lisez un mail sur mon répondeur. Par exemple : « Vraiment ? Et comment faire, d'après vous ? Voulez-vous que j'enregistre une bande audio et que je vous la fasse parvenir ? Que souhaitez-vous entendre ? » Etc. Ensuite, je vous appellerai et je dirai : « Maintenant ! LEO, J'AIME-RAIS ENTENDRE VOTRE VOIX. Je vous en prie, faites-moi… » Etc.

Trois minutes plus tard
REP :

Contre-proposition : d'accord, mais remettons cela à demain. Je dois d'abord retrouver ma voix. En plus, je suis crevé. Session répondeur ce soir vers 21 heures – avec un bon verre de vin. OK ?

Une minute plus tard
RE :

OK. Bon reste de nuit, Leo. Merci d'être là. Merci de m'avoir recueillie. Merci d'exister. Merci !

45 secondes plus tard
RÉP :

Et maintenant, je jette mon ordinateur hors de mon lit ! Bonne nuit.

Le soir suivant

Objet : Nos voix

Bonjour Emmi, voulez-vous toujours que nous mettions notre plan à exécution ?

Trois minutes plus tard

RE :

Bien sûr, je suis déjà tout excitée.

Deux minutes plus tard

RÉP :

Et si ma voix ne vous plaît pas ? Si vous êtes consternée ? Si vous vous dites : c'est comme ça que ce type me parlait pendant tout ce temps ? (A la vôtre ! Je bois un vin de pays français.)

Une minute et demie plus tard

RE :

Et à l'inverse ? Si vous n'aimez pas ma voix ? Si elle vous hérisse de la tête aux pieds ? Si, après, vous ne voulez plus discuter avec moi ? (Tchin ! Je bois du whiskey, si vous le permettez. Je suis trop nerveuse pour le vin.)

Une minute plus tard
RÉP :

Prenons les deux mails que nous venons d'envoyer. D'accord ?

Trois minutes plus tard
RE :

Ce sont des mails difficiles, qui ne contiennent presque que des questions. Les questions ne sont pas évidentes à prononcer, quand on parle à quelqu'un pour la première fois. Surtout pour les femmes. Elles sont vocalement désavantagées, car, à la fin de la phrase, elles doivent monter dans des notes encore plus hautes. Si, en plus, elles sont nerveuses, cela peut se terminer en gloussements. Vous voyez ce que je veux dire ? Glousser donne l'air stupide.

Une minute plus tard
RÉP :

EMMI, COMMENÇONS ! Je parle le premier. Dans cinq minutes, vous parlerez. Quand nous aurons fini, nous nous enverrons un mail. Et APRÈS SEULEMENT nous écouterons les enregistrements. C'est bon ?

30 secondes plus tard
RE :

Attendez !!! Votre numéro de téléphone, si possible !

35 secondes plus tard
RÉP :

Oh, pardon. 45 20 737. Maintenant, je commence.

Neuf minutes plus tard
RÉP :

J'ai fini. A vous !

Sept minutes plus tard
RE :

C'est bon ! Qui écoute en premier ?

50 secondes plus tard
RÉP :

Tous les deux en même temps.

40 secondes plus tard
RE :

OK, ensuite nous nous écrirons.

14 minutes plus tard
RE :

Leo, pourquoi ne vous manifestez-vous pas ? Si ma voix ne vous plaît pas, vous pouvez me le dire en face (par mail). En tant que femme, je me considère clairement désavantagée dans le choix des mails. Et le fond éraillé de ma voix ne vient pas de moi, mais du whiskey. Si vous ne me répondez pas tout de suite, je bois la bouteille en entier. Et en cas d'intoxication, je vous enverrai la facture de l'hôpital !

Deux minutes plus tard
RÉP :

Emmi, je suis sans voix. Je veux dire : je suis stupéfait. Je vous imaginais tout autrement. Dites-moi : parlez-vous vraiment comme cela ? Ou avez-vous déguisé votre voix ?

45 secondes plus tard
RE :

Comment est ma voix ?

Une minute plus tard
RÉP :

Incroyablement érotique ! Comme celle de la présentatrice d'une émission sur les câlins amoureux.

Sept minutes plus tard
RE :

C'est gentil, cela me plaît ! D'ailleurs, vous n'êtes pas mal non plus. Votre manière de parler est beaucoup plus audacieuse que vos mails. Vous avez une

voix rauque. Mon passage préféré : « C'est comme
ça que ce type me parlait pendant tout ce temps ? »
Surtout les mots « type » et « parlait ». J'aime le son
« i » de votre « type ». Il est sensationnel, ni trop long
ni trop court. Il ne s'entend presque pas, comme un
murmure, un souffle, comme si vos lèvres entrou-
vertes laissaient échapper la fumée d'un joint. Vous
ne devriez utiliser que des mots qui contiennent un
« i » ! Dans « parlait », j'aime le « par », vous le prononcez d'une façon incroyablement perverse, comme
une invitation à… peu importe à quoi, comme une
invitation que l'on a envie d'accepter. Dans votre
bouche, « par » pourrait être le nom d'un nouveau
traitement contre l'impuissance. Par remplace le Via-
gra, d'après un modèle acoustique établi par Leo
Leike, cela sonnerait bien.

Quatre minutes plus tard
RÉP :

Je suis surtout sidéré par la manière dont vous
prononcez « hérisse », Emmi. Je n'avais jamais
entendu un « hérisse » si gracieux, si doux, si sombre, si clair, et je ne vous en aurais jamais crue capable. Il ne crisse pas, il ne gargouille pas, il ne couine
pas. Un « hérisse » magnifique, doux, élégant, souple, velouté. Et « whiskey », oui, vous dites cela de

manière si noble. Le « wh » comme une corde qui oscille. Le « key » comme une clé qui ouvre votre… hmm… chambre à coucher. (Ma bouteille de vin rouge touche à sa fin, l'aviez-vous remarqué ?)

Une minute plus tard
RE :

Leo, continuez à boire ! J'aime quand vous êtes un peu soûl. Ajouté au son de votre voix, cela me rend toute…

20 minutes plus tard
RE :

Leo, où avez-vous disparu ?

Dix minutes plus tard
RÉP :

Une minute. J'ouvre juste une autre bouteille de vin rouge. Le vin de pays français est bon, Emmi ! Nous en buvons trop rarement. Trop rarement et trop peu. Si nous en buvions plus souvent et en plus grande quantité, nous serions tous plus heureux, et nous dormirions mieux. Vous avez une voix très érotique, Emmi. J'aime votre voix. Marlene aussi avait une voix très érotique, mais dans un autre style. Marlene est beaucoup plus froide que vous, Emmi. La voix de Marlene est profonde, mais froide. La voix d'Emmi est profonde et chaude. Et elle dit : Whiskey. Whiskey. Whiskey. Buvons encore un verre à notre santé ! Je bois du vin rouge français. Emmi, je vais relire tous vos mails, et ils sonneront autrement. Jusqu'ici, je les avais lus avec la mauvaise voix. Je les avais lus avec la voix de Marlene. Pour moi, Emmi était Marlene, Marlene au début, quand tout pouvait encore arriver. Il n'y avait que de l'amour, rien d'autre. Tout était possible. Vous allez bien Emmi ?

Cinq minutes plus tard
RE :

Oh, non ! Leo, pourquoi buvez-vous si vite ? Ne pouvez-vous pas tenir un peu plus longtemps ? Au cas où vous vous seriez déjà endormi la tête sur le clavier : bonne nuit, mon Leo. C'est extraordinaire de parler avec vous. Extraordinaire, mais parfois – et toujours quand cela devient vraiment intéressant – trop court (pour cause d'alcool). Bon, au moins j'ai mon répondeur. Avant d'aller dormir, je vais m'accorder un ou deux « c'est comme ça que ce type me parlait pendant tout ce temps ? » prononcés par Leo Leike. Je suis sûre que c'est un merveilleux remède contre le vent du nord.

Douze minutes plus tard
RÉP :

Emmi, n'allez pas dormir tout de suite ! Je suis encore en pleine forme, je vais bien ! Emmi, venez chez moi ! Buvons encore un verre. Susurrez-moi « whiskey, whiskey, whiskey » à l'oreille. Dites : « Si elle vous hérisse de la tête aux pieds. » Et montrez-les-moi. Je dirai : voici donc les fameux pieds de la fameuse Emmi qui chausse du 37. Je le promets : je me contenterai de poser une main sur votre épaule. Juste une étreinte. Juste un baiser. Juste quelques baisers, rien d'autre. D'inoffensifs baisers. Emmi, je veux connaître votre odeur. J'ai votre voix dans l'oreille, à présent je veux avoir le nez empli de votre parfum. Je suis sérieux, Emmi : venez chez moi. Je paie le taxi. Non, vous ne voulez pas. Peu importe, quelqu'un paiera le taxi. 17 rue Hochleitner, appartement 15. Venez chez moi ! Ou alors dois-je venir chez vous ? Je peux venir chez vous ! Respirer votre odeur. Vous embrasser. Nous ne coucherons pas ensemble. Vous êtes mariée, malheureusement ! Nous ne coucherons pas ensemble, je le promets ! Bernhard, je le promets ! Je veux juste sentir votre peau. Je ne veux pas savoir à quoi vous ressemblez. Nous n'allumerons aucune lumière. Dans le noir complet. Juste quelques baisers, Emmi. Est-ce mal ? Est-ce adultère ? Qu'est-ce que l'adultère ? Un mail ? Ou une voix ? Ou un parfum ? Ou un baiser ? J'aimerais être près de vous. J'aimerais vous tenir enlacée. Passer une nuit, une seule, avec Emmi. Je fermerais les yeux. Je n'ai pas besoin de savoir à quoi vous ressemblez. Je veux respirer votre parfum, vous embrasser, vous sentir, tout près de moi. Je ris de bonheur. Est-ce adultère, Emmi ?

Cinq minutes plus tard
RE :

« C'est comme ça que ce type me parlait pendant tout ce temps ? » Bonne nuit Leo. C'est agréable de parler avec vous. C'est merveilleux. Cela fait un bien fou !!! Je pourrais m'y habituer. Je m'y suis déjà habituée.

Chapitre huit

Pas d'objet

Bonjour, Leo. Mauvaise nouvelle. Je dois partir pour le Tyrol. Bernhard est à l'hôpital. Un malaise vagal ou quelque chose du genre, selon les médecins. Je dois y aller pour récupérer les enfants. J'ai mal à la tête. (Trop de whiskey !) Je vous remercie pour cette nuit magnifique. Je ne sais pas non plus où commence « l'adultère ». Je sais juste que j'ai besoin de vous, Leo, un besoin impératif. Et ma famille a besoin de moi. Je pars. Je vous écrirai demain. J'espère que vous allez bien, après avoir bu tout ce vin de pays français…

Le jour suivant
Objet : Tout va bien

Pas de mail de Leo ? Je voulais juste vous dire que nous étions de retour. Bernhard est avec nous. C'était un accident cardiaque, mais il est de nouveau sur pied. Ecrivez-moi Leo, je vous en prie !!!

Deux heures plus tard
Objet : A l'attention de M. Leike

Cher monsieur Leike, je dois me faire violence pour vous écrire. Je suis gêné, je l'avoue, et à chaque ligne, l'embarras que je me cause à moi-même ne va faire que grandir. Je suis Bernhard Rothner, je pense que je n'ai pas besoin de me présenter plus que cela. Monsieur Leike, j'ai une requête à vous adresser. Vous allez être stupéfait, choqué peut-être, quand je la formulerai. Je vais essayer de vous expliquer mes raisons. Je ne suis pas très doué pour l'écriture, malheureusement. Mais je vais m'efforcer, dans ce mode d'expression qui m'est inhabituel, d'exposer ce qui me préoccupe depuis des mois, qui perturbe de plus en plus ma vie, ma vie et celle de ma famille, mais aussi celle de ma femme, oui, et je crois, après tant d'années d'un mariage harmonieux, être à même de l'affirmer.

Et voici ma requête : monsieur Leike, rencontrez ma femme ! Je vous en prie, faites-le, afin qu'elle ne soit plus hantée ! Nous sommes adultes, et je ne peux rien vous imposer. Je ne peux que vous implorer : rencontrez-la ! Je souffre de mon infériorité et de ma faiblesse. Je ne sais pas si vous imaginez à quel point c'est humiliant pour moi d'écrire de telles lignes. Vous, en revanche, vous n'avez pas montré le moindre point faible, monsieur Leike. Vous n'avez rien à vous reprocher. Et moi non plus je n'ai rien à vous reprocher, hélas, rien. On ne peut pas en vouloir à un esprit. Vous êtes insaisissable, monsieur Leike, intangible, vous n'êtes pas réel, vous n'existez que dans l'imagination de ma femme, vous êtes l'illusion d'un bonheur éternel, un vertige hors du monde, une utopie amoureuse faite de mots. Je ne peux rien contre cela, je suis réduit à attendre le moment où le destin se montrera miséricordieux et fera enfin de vous un homme en chair et en os, un homme tangible avec des contours, avec des forces et des faiblesses. Votre supériorité ne s'effacera que le jour où ma femme pourra vous voir comme elle me voit, une créature vulnérable, imparfaite, un simple être humain, avec ses défauts. Alors, seulement, je pourrai lutter contre vous, monsieur Leike. Alors, je pourrai me battre pour garder Emma.

« Leo, ne m'obligez pas à feuilleter mon album de famille », vous a écrit ma femme un jour. Je me vois

contraint de le faire à sa place. Quand j'ai connu
Emma, elle avait 23 ans, j'étais son professeur de
piano au conservatoire, j'avais quatorze ans de plus
qu'elle, un mariage solide, deux enfants charmants.
Un accident de la route a fait de notre famille un
champ de ruines, traumatisé mon fils de trois ans et
gravement blessé la grande, m'a laissé des séquelles
et a tué la mère des enfants, ma femme, Johanna.
Sans le piano, je me serais effondré. Mais la musique
est vie, tant qu'elle résonne, rien ne meurt. Quand il
joue, le musicien vit ses souvenirs comme s'ils
étaient l'instant présent. C'est grâce à cela que je me
suis relevé. Et puis, il y avait aussi mes élèves, ils
étaient une distraction, un devoir, une raison de
vivre. Oui, et soudain il y a eu Emma. Cette belle
jeune femme vive, pétillante et audacieuse a commencé à ramasser nos décombres, sans rien attendre
en retour. Les êtres exceptionnels comme elle sont
envoyés sur terre pour combattre la tristesse. Il y en
a très peu. Je ne sais pas ce que j'ai fait pour la méri-
ter : mais, soudain, je l'ai eue à mes côtés. Les
enfants ont trouvé refuge auprès d'elle, et je suis
tombé fou amoureux.

Et elle ? Je sais ce que vous allez vous demander,
monsieur Leike : bien, mais Emma ? Elle, l'étu-
diante de 23 ans, est-elle aussi tombée amoureuse de
ce chevalier servant à la silhouette triste, presque
quadragénaire, qui à l'époque ne savait plus rien

faire d'autre que des notes ? Moi-même, je ne connais pas la réponse à cette question. Etait-ce de l'admiration pour ma musique (j'avais beaucoup de succès, j'étais un concertiste très apprécié) ? Etait-ce de la pitié, de la compassion, l'envie d'aider, la possibilité d'être présente à un moment difficile ? Voyait-elle en moi son père, qui l'a quitté trop tôt ? A quel point s'était-elle attachée à l'adorable Fiona et au délicieux petit Jonas ? Etait-ce dû à ma propre euphorie qui se reflétait en elle, était-elle amoureuse non de moi, mais des sentiments indomptables que j'avais pour elle ? Savourait-elle l'assurance que je ne la décevrais jamais à cause d'une autre femme, que cela durerait toute une vie, que je lui serais à jamais fidèle ? Croyez-moi, monsieur Leike, je n'aurais jamais osé m'approcher d'elle si je n'avais pas senti qu'elle venait à ma rencontre avec des sentiments aussi forts que les miens. Il était évident qu'elle se sentait attirée par moi et par les enfants, qu'elle voulait faire partie de notre monde, et elle en est devenue un élément essentiel, le plus important, le cœur de notre univers. Deux ans plus tard, nous nous sommes mariés. C'était il y a huit ans. (Pardon, j'ai gâché votre jeu de cache-cache, j'ai dévoilé un des nombreux secrets : la « Emmi » que vous connaissez a 34 ans.) Jour après jour, je n'ai cessé de m'émerveiller de la présence à mes côtés de cette jeune beauté si énergique. Et jour après jour, j'ai attendu avec angoisse que cela « arrive », que se présente un homme plus jeune, un de ses nombreux soupirants et admirateurs. Emma me dirait alors : « Bernhard, je suis amoureuse d'un autre. Qu'allons-nous faire ? » Ce traumatisme ne s'est pas réalisé. Mais il est arrivé bien pire. Vous, monsieur Leike, le paisible « monde extérieur », l'illusion d'amour par mail, l'émotion toujours croissante, le désir grandissant, la passion inassouvie qui convergent vers un seul point, réel en apparence seulement, une apothéose toujours repoussée, le rendez-vous ultime qui n'aura jamais lieu car il dépasserait la dimension du bonheur humain, vous, l'épanouissement parfait, sans fin, sans date d'expiration, qui n'est possible qu'en imagination. Je ne peux rien contre cela.

Monsieur Leike, depuis que vous êtes « là », Emma est comme transformée. Elle est dans la lune, elle est distante avec moi. Elle reste assise pendant des heures dans sa chambre et fixe son ordinateur, le cosmos de son rêve. Elle vit dans son « monde extérieur », elle vit avec vous. Cela fait longtemps que ses sourires ne s'adressent plus à moi. Elle parvient à grand-peine à cacher son éloignement aux enfants. Je remarque avec quelles difficultés elle se force à rester plus longtemps près de moi. Savez-vous à quel point cela fait mal ? J'ai essayé de laisser passer cette phase avec tolérance. Je ne veux pas qu'Emma se sente enfermée. Il n'y a jamais eu de jalousie entre nous. Mais, soudain, je me suis trouvé désemparé. Il n'y avait rien ni personne, aucun être réel, aucun problème concret, aucun intrus évident – jusqu'à ce que je découvre la cause de son attitude. J'ai tellement honte d'avoir dû en arriver là que j'aimerais disparaître sous terre : j'ai fouillé dans la chambre d'Emma. Et, dans un coffre bien caché, j'ai trouvé une chemise, une épaisse pochette remplie de feuilles : ses échanges de mails avec un certain Leo Leike, imprimés avec soin, page par page, message par message. Les mains tremblantes, j'ai photocopié le tout, puis j'ai réussi à ne plus y toucher pendant plusieurs semaines. Nos vacances au Portugal ont été horribles. Le petit était malade, la grande est tombée folle amoureuse d'un professeur de sport. Ma femme et moi, nous ne nous sommes pas parlé pendant deux semaines, mais, par habitude, nous nous sommes comportés l'un avec l'autre comme si tout allait bien, comme si rien n'avait changé. Je n'ai pas pu supporter cela plus longtemps. Quand je suis parti faire de la randonnée, j'ai emporté la pochette avec moi – et, dans un élan autodestructeur, saisi par une envie masochiste de souffrir, j'ai lu tous les mails en une nuit. Je n'avais pas connu autant de tourments depuis la mort de ma première femme, je vous assure. A la fin de ma lecture, je n'arrivais plus à me lever. Ma fille a appelé les secours, on m'a emmené à l'hôpital. Ma femme est venue me chercher avant-hier. Voilà, vous connaissez toute l'histoire.

Monsieur Leike, je vous en prie, rencontrez Emma ! J'en arrive au point le plus pitoyable de mon humiliation : oui, rencontrez-la, passez une nuit avec elle, couchez avec elle ! Je sais que vous en aurez envie. Je vous le « permets ». Je vous donne carte blanche, je vous délivre de tout scrupule, je ne considérerai pas cela comme de l'adultère. Je sens qu'Emma recherche avec vous une proximité non seulement spirituelle mais aussi corporelle, elle veut « savoir », elle croit en avoir besoin, elle en a envie. C'est l'étincelle, la nouveauté que je ne peux pas lui offrir. Emma a été adorée et convoitée par beaucoup d'hommes, jamais il ne me serait venu à l'esprit qu'elle se sentait attiré par l'un d'eux. Mais j'ai vu les mails qu'elle vous écrivait. Et soudain j'ai découvert la force de son désir, une fois éveillé par « la bonne personne ». Vous, monsieur Leike, vous êtes celui qu'elle a choisi. Et j'en viens presque à le souhaiter : couchez une fois avec elle. UNE FOIS – j'utilise exprès des majuscules pressantes, comme ma femme. UNE FOIS. UNE SEULE FOIS ! Que cela soit le terme de la passion que vous avez fait naître par écrit. Faites-en le point final. Offrez une apothéose à votre échange de mails – puis, mettez-y fin. Intouchable extraterrestre, rendez-moi ma femme ! Libérez-la. Ramenez-la sur terre. Laissez vivre notre famille. Pas pour me faire plaisir, pas pour mes enfants. Pour l'amour d'Emma. Je vous en prie !

C'est la fin de mon appel à l'aide humiliant et douloureux, de mon atroce recours en grâce. J'ai une dernière requête, monsieur Leike. Ne me trahissez pas. Laissez-moi en dehors de votre histoire. J'ai abusé de la confiance d'Emma, je l'ai trompée, j'ai lu son courrier privé, intime. J'en ai subi les conséquences. Je ne pourrais plus la regarder dans les yeux si elle apprenait que j'ai fouillé dans ses affaires. Elle ne pourrait plus me regarder dans les yeux si elle savait ce que j'ai lu. Elle nous haïrait, elle et moi, tout autant. S'il vous plaît, monsieur Leike, épargnez-nous cela. Ne lui dites rien de cette lettre. Et encore une fois : je vous en prie !

Bien, et à présent j'envoie le message le plus atroce que j'aie jamais rédigé. Avec toute ma considération, Bernhard Rothner.

Quatre heures plus tard
RÉP :

Cher monsieur Rothner, j'ai bien reçu votre mail. Je ne sais pas quoi dire. Je ne sais même pas s'il y a quelque chose à dire. Je suis consterné. Vous ne vous êtes pas seulement humilié, vous nous avez fait honte à tous les trois. Il faut que je réfléchisse. Je

vais prendre mes distances pendant un moment. Je
ne peux rien vous promettre, rien du tout. Salutations, Leo Leike.

Le jour suivant
Objet : Leo ???

Leo, où êtes-vous ? Votre voix résonne en permanence dans mes oreilles. Toujours les mêmes mots :
« C'est comme ça que ce type me parlait pendant
tout ce temps ? » Je ne sais que trop bien comment il
parle, ce type. Le problème, c'est qu'il ne parle plus
depuis des jours. Aviez-vous descendu trop de vin
de pays français cette nuit-là ? Vous rappelez-vous ?
Vous m'avez invitée, 17 rue Hochleitner, appartement 15. « Respirer votre odeur » avez-vous écrit.
Vous n'imaginez pas à quel point j'étais proche de
venir. Je suis chez vous par la pensée 24 h sur 24.
Pourquoi ne vous manifestez-vous pas ? Faut-il que
je m'inquiète ?

Le jour suivant
Objet : Leo ????????

Leo, que se passe-t-il ? Je vous en prie, écrivez-moi !!
Votre Emmi.

Une demi-heure plus tard
Objet : A l'attention de M. Rothner

Cher monsieur Rothner, je vous propose un marché. Il faut que vous me promettiez quelque chose, et je vous offrirai une contrepartie. Donc : je vous promets de ne pas dire un mot de votre mail et de son contexte à votre femme. Et vous devez m'assurer que vous ne LIREZ PLUS JAMAIS UN MAIL échangé entre votre femme et moi. Je vous fais confiance pour tenir cette promesse une fois que vous l'aurez faite. Et, à l'inverse, vous pouvez être certain que je serai fidèle à ma parole. Si vous êtes d'accord, répondez : oui. Sinon, j'enverrai à votre femme les confidences qui, au fond, lui sont destinées, et que vous avez eu l'amabilité de déverser dans ma boîte mails. Salutations, Leo Leike.

Deux heures plus tard
RE :

Oui, monsieur Leike, je vous le promets. Je ne regarderai plus aucun mail qui ne m'est pas destiné. J'ai déjà lu trop de choses interdites. Permettez que je vous pose une question : allez-vous rencontrer ma femme ?

Dix minutes plus tard
RÉP :

Monsieur Rothner, je ne peux pas vous répondre. Et même si je le pouvais, je ne le ferais pas. A mon avis, vous avez fait en m'écrivant une erreur catastrophique, symptomatique d'une grossière et probablement très ancienne lacune dans votre mariage. Vous vous êtes adressé à la mauvaise personne. Tout ce que vous m'avez raconté, vous auriez dû le dire à votre femme, il y a bien longtemps, au tout début. Mon conseil : faites-le ! Rattrapez-vous ! D'ailleurs, je vous prie de ne plus m'envoyer de mails. Je crois que vous avez déjà écrit tout ce que vous croyiez devoir me dire. C'était déjà beaucoup trop. Sincères salutations, Leo Leike.

15 minutes plus tard
RÉP :

Bonjour Emmi, je reviens à l'instant d'un voyage professionnel à Cologne. Je suis désolé, c'était très agité et je n'ai pas eu une minute pour vous écrire. J'espère que votre famille est de nouveau en bonne santé. Je vais profiter du beau temps pour partir en vacances quelques jours dans le Sud, et je ne serai joignable pour personne. Je crois que j'en ai besoin,

je suis exténué. Je vous écrirai quand je serai rentré.
Je vous souhaite d'agréables journées estivales – et le
moins possible de bras démis. Je vous embrasse très,
très fort, Leo.

Cinq minutes plus tard
RE :

Comment s'appelle-t-elle ?

Dix minutes plus tard
RÉP :

Comment s'appelle qui ?

Quatre minutes plus tard
RE :

Leo ! Je vous en prie, n'insultez pas mon intelligence et mon flair spécial Leo. Quand vous péro-
rez sur des voyages professionnels agités et sur le
beau temps dont il faut profiter, quand vous vous
plaignez d'être exténué, que vous m'annoncez que
vous allez être injoignable et que vous me brandis-
sez à la figure d'agréables journées estivales, il ne
peut y avoir qu'une seule raison : UNE FEMME !

Comment s'appelle-t-elle ? Quand même pas Marlene ?

Huit minutes plus tard
RÉP :

Non, Emmi, vous vous trompez. Il n'y a ni Marlene ni personne d'autre. J'ai juste besoin de faire une pause. Les semaines et les mois qui viennent de passer m'ont épuisé. J'ai besoin de repos.

Une minute plus tard
RE :

De repos loin de moi ?

Cinq minutes plus tard
RÉP :

De repos loin de moi ! Je vous écrirai dans quelques jours. Promis !

Trois jours plus tard

Objet : Leo me manque !

Bonjour Leo, c'est moi. Je sais, vous n'êtes pas là, vous vous reposez loin de vous-même. Comment faites-vous d'ailleurs ? J'aimerais pouvoir faire la même chose. J'ai un besoin urgent de repos loin de moi-même. Au lieu de cela, je m'occupe de moi-même, et je m'épuise. Leo, je dois vous avouer quelque chose. C'est-à-dire : je ne suis pas obligée, bien sûr, ce n'est pas non plus une bonne idée, mais je ne peux pas m'en empêcher. Leo : en ce moment, je ne suis pas du tout heureuse. Et savez-vous pourquoi ? (J'imagine que vous ne voulez pas le savoir, mais vous n'avez aucune chance, désolée.) Je ne suis pas heureuse sans vous. Mon bonheur nécessite des mails de Leo. Les mails de Leo manquent à mon bonheur. Pour mon malheur, ces mails manquent en ce moment beaucoup à mon bonheur. Depuis que je connais votre voix, ils me manquent trois fois plus.

J'ai passé la soirée et quelques heures de la nuit d'hier avec Mia. C'était notre premier bon moment ensemble depuis des années. Et savez-vous pourquoi ? (C'est très méchant, je sais, mais vous allez devoir m'écouter.) C'était un bon moment parce que j'étais enfin malheureuse. Mia dit qu'au fond je l'ai toujours été, mais que cette fois je me le suis avoué à moi-même, et que je l'ai admis devant elle. Elle m'en est reconnaissante. C'est triste, non ?

Mia affirme que, d'une façon étrange, c'est-à-dire par écrit, je suis tombée amoureuse de vous, Leo. Elle pense que je ne peux pas vivre, ou du moins être heureuse, sans vous. Et elle ajoute qu'elle peut me comprendre. N'est-ce pas horrible ? Pourtant, j'aime mon mari, Leo. Honnêtement. Je les ai choisis, lui et ses enfants, lui et mes enfants. Je voulais cette famille, et aujourd'hui encore je n'en souhaite pas d'autre. Les circonstances à l'époque étaient assez dramatiques, je vous raconterai tout cela une autre fois. (Vous avez remarqué, je parle spontanément de ma famille...) Bernhard ne m'a jamais déçue et ne me décevrait jamais. Jamais, jamais, jamais ! Il me laisse toutes les libertés, accède à tous mes désirs. C'est un homme cultivé, altruiste, calme, agréable. Bien sûr, avec le temps, on se laisse étouffer par la routine. Tout est réglé, cela manque de surprises. Nous nous connaissons par cœur, il n'y a plus de mystère. « Peut-être que le mystère te manque. Peut-être es-tu tombée amoureuse d'un intrigant mystère », me dit Mia. Et je réponds : « Que dois-je faire ? Je ne peux pas, d'un coup, faire de Bernhard un intrigant mystère. » Leo, qu'en dites-vous : puis-je faire de Bernhard un intrigant mystère ? Peut-on transformer huit ans de vie familiale en intrigant mystère ?

Ah, Leo, Leo, Leo. Tout est si difficile en ce moment. Je n'ai pas le moral. Je manque d'énergie. Je manque d'envies. Je manque de Leo, le seul, l'unique. Je ne sais pas où cela va mener. Je ne veux pas le savoir. Cela m'est égal. Le plus important est que vous recommenciez bientôt à m'écrire. Je vous en prie, rentrez vite de votre repos-loin-de-vous-même. J'aimerais boire un verre de vin avec vous. Je veux que vous vouliez m'embrasser. (C'était français, cette phrase ?) Je n'ai pas besoin de vrais baisers. J'ai besoin de l'homme qui, à certains moments, a une envie si incontrôlable de m'embrasser qu'il ne peut pas s'empêcher de me l'écrire. J'ai besoin de Leo. Je me sens si seule avec ma bouteille de whiskey. J'ai bu tant de whiskey, Leo. Le remarquez-vous ? Comment serait la vie avec vous ? Combien de temps auriez-vous une envie incontrôlable de m'embrasser ? Des semaines, des mois, toujours ? Je sais que je ne devrais pas penser des choses pareilles. Je suis mariée et heureuse. Mais je me sens malheureuse. C'est, je crois, contradictoire. La contradiction, Leo, c'est vous. Merci de m'avoir écoutée. Je bois encore un whiskey. Bonne nuit, Leo, vous me manquez tellement. Je pourrais même vous embrasser les yeux bandés. Oui, je le ferais. Tout de suite.

Deux jours plus tard
Objet : Pas un mot

Trente degrés, et pas un mot de l'homme au repos-loin-de-lui-même. Je sais que mon mail d'avant-hier était à la limite du supportable. Vous en ai-je trop demandé, Leo ? Croyez-moi, c'était le whiskey ! Le whiskey et moi. Ce qui se cache au fond de moi. Et ce que le whiskey a fait ressortir. Vous me manquez, Emmi.

Le jour suivant
Pas d'objet

Vent du sud – et pourtant, je me tourne et me retourne dans mon lit. Un seul mot de vous, et je m'endormirais tout de suite. Bonne nuit, cher homme au repos-loin-de-lui-même.

Deux jours plus tard
Objet : Mon dernier mail

Mon dernier mail sans réponse ! Leo, c'est cruel ce que vous faites ! Je vous en prie, arrêtez, cela me fait un mal atroce. Tout est permis, tout, sauf le silence.

Le jour suivant
RÉP

Chère Emmi, je n'ai eu besoin que de quelques heures pour prendre une décision qui va changer ma vie. Mais il m'a fallu neuf jours pour vous faire part de ses conséquences. Emmi, dans quelques semaines je pars à Boston pour au moins deux ans. Je vais diriger là-bas un projet à l'université. Le poste a l'air fantastique, tant du point de vue scientifique que financier. Ma vie actuelle me permet d'être spontané. Je ne dois renoncer qu'à peu de choses. Cela doit être de famille, de changer de continent au moins une fois. Quelques amis proches vont me manquer. Ma sœur Adrienne va me manquer. Et : Emmi. Oui, elle va particulièrement me manquer.

J'ai pris une deuxième décision. Elle semble si cruelle que mes doigts tremblent à présent que je dois vous l'annoncer par écrit, juste après les deux points : je mets fin à notre échange de mails. Emmi, il faut que vous me sortiez de la tête. Vous ne pouvez pas être ma première et ma dernière pensée de la journée pour le restant de mes jours. C'est malsain. Vous êtes « prise », vous avez une famille, vous avez des responsabilités, des devoirs, des défis à relever. C'est le monde dans lequel vous êtes heureuse, vous y êtes très attachée, vous me l'avez clairement fait comprendre. (Avec un fort mélange de nostalgie et de whiskey, on se trouve vite malheureux, comme vous dans votre dernier mail, mais cela passe, au plus tard, le lendemain au réveil.) Je suis sûr que votre mari vous aime, comme on aime une femme après tant d'années de vie commune. Ce qui vous manque, c'est juste un peu d'aventure extra-conjugale dans la tête, des cosmétiques pour votre vie sentimentale sans apprêts. C'est de là que vient votre penchant pour moi. C'est là-dessus que s'appuie notre relation épistolaire. Elle est source de confusion, plus qu'elle ne serait pour vous enrichissante sur le long terme.

Venons-en à moi : Emmi, j'ai 36 ans (maintenant, vous le savez). Je n'ai pas l'intention de vivre toute ma vie avec une femme qui n'est disponible qu'à l'intérieur d'une boîte mails. Boston me donne la possibilité de recommencer à zéro. Soudain, j'ai de nouveau envie de rencontrer une femme, à l'ancienne : d'abord la voir, ensuite entendre sa voix, respirer son odeur, l'embrasser peut-être. Puis, plus tard, lui écrire un mail. La voie inverse, que nous avons empruntée, était et reste très excitante, mais elle ne mène nulle part. Je dois me débarrasser d'un blocage. Pendant des mois, j'ai vu Emmi dans toutes les jolies femmes que je croisais dans la rue. Mais aucune ne pouvait se mesurer à la vraie, aucune ne pouvait la concurrencer, car je l'avais iso-

lée de la société, de la vie publique, je l'avais coupée
du monde, gardée pour moi seul dans mon ordinateur. C'est là qu'elle me retrouvait après le travail.
C'est là qu'elle m'attendait, après ou à la place du
petit déjeuner. C'est là qu'à la fin d'une longue soirée ensemble elle me souhaitait bonne nuit. Souvent,
elle s'attardait jusqu'au petit matin dans ma chambre,
dans mon lit, elle se cachait sous mes couvertures.
Pourtant, au bout du compte, elle restait toujours
inatteignable, intouchable. L'image que j'avais d'elle
était si tendre et si fragile qu'elle se serait fissurée
sous mon regard réel. Cette Emmi illusoire me semblait délicate au point de s'écrouler si je la touchais.
Physiquement, elle n'était rien de plus que l'air entre
les touches du clavier sur lequel, jour après jour,
j'écrivais sa présence. Un souffle – et elle aurait disparu. Oui, Emmi, pour moi, c'est fini : je vais fermer
ma boîte mails, je vais souffler sur mon clavier, je
vais rabattre mon écran. Je vais prendre congé de
vous. Votre Leo.

Le jour suivant
Objet : Un adieu pareil ?

C'était votre dernier mail ? Ce n'est pas possible !
J'annule ici toute idée de dernier mail. Leo, bonjour !
Je n'attends pas de vous une brillante prestation

humoristique si vous comptez décamper. Mais qu'est-ce que c'est que cette bouffonnerie tragique et amère ? Qu'est-ce que c'est que cet adieu ? Comment dois-je m'imaginer votre visage quand, dans un élan mélodramatique, vous soufflez sur vos touches ? Oui, d'accord, ces derniers temps je me suis un peu laissée aller. C'est moi qui ai commencé à pérorer. Mon cœur, d'habitude léger comme une plume, était parfois lourd comme un sac de béton. Oui, je traînais avec moi notre énorme paquet de mails. Je suis tombée un peu amoureuse de Mister X, c'est vrai. L'un comme l'autre, nous n'arrivons pas à nous sortir notre histoire de la tête. Mais ce n'est pas une raison pour jouer les Tristan et Iseult virtuels.

Vous voulez partir à Boston, partez à Boston. Vous voulez rompre le contact avec moi, rompez le contact. Mais pas DE CETTE FAÇON ! Stylistiquement et émotionnellement, c'est en dessous de votre niveau, cher ami, et ce n'est pas digne de moi. Souffler sur les touches, enfin, Leeeeo ! Qu'est-ce que c'est kitsch ! Je risque de me demander : « C'est comme ça que ce type me parlait pendant tout ce temps ? »

Je vous en prie, prouvez-moi que ce n'était pas votre dernier mail. J'aimerais que nous finissions sur quelque chose de positif, de surprenant, je voudrais une sortie piquante, une bonne chute. Dites, par exemple, « et pour finir, je vous propose un rendez-vous » ! Au moins, ce serait une fin amusante.

(Bien, et maintenant je vais pleurnicher, si vous le permettez.)

Cinq heures plus tard
RÉP :

Chère Emmi, et pour finir, je vous propose un rendez-vous !

Cinq minutes plus tard
RE :

Vous n'êtes pas sérieux.

Une minute plus tard
RÉP :

Si. Je ne plaisanterais pas avec cela, Emmi.

Deux minutes plus tard
RE :

Je ne sais pas quoi penser, Leo. Est-ce une lubie ? Vous ai-je fourni un bon mot ? Mon mail vous a-t-il fait passer du mélodrame à la satire ?

Trois minutes plus tard
RÉP :

Non, Emmi, ce n'est pas une lubie, c'est une intention bien réfléchie. Vous m'avez devancée, c'est tout. Donc Emmi, encore une fois : j'aimerais que notre relation épistolaire se termine par une rencontre. Ce sera un unique rendez-vous, avant que je ne parte à Boston.

50 secondes plus tard
RE :

Un unique rendez-vous ? Qu'en attendez-vous ?

Trois minutes plus tard
RÉP :

Connaissance. Soulagement. Détente. Clarté. Amitié. La solution d'une énigme surdimensionnée, écrite mais impossible à décrire. La fin des blocages. Un sentiment positif. Le meilleur remède contre le vent du nord. La digne fin d'une phase excitante de nos vies. Une réponse simple à des milliers de questions compliquées. Ou, comme vous l'avez dit vous-même : « Au moins, une fin amusante. »

Cinq minutes plus tard
RE :

Ce ne sera peut-être pas amusant du tout.

45 secondes plus tard
RÉP :

Cela dépend de nous.

Deux minutes plus tard
RE :

De nous ? Pour l'instant, vous êtes tout seul, Leo. Je n'ai pas encore dit « oui » à votre rendez-vous-de-dernière-minute, et, pour être honnête, j'en suis loin. J'aimerais d'abord en savoir plus sur ce grotesque « the first date must be the last date ». Où voulez-vous me rencontrer ?

55 secondes plus tard
RÉP :

Où vous voulez, Emmi.

45 secondes plus tard
RE :

Que ferons-nous ?

40 secondes plus tard
RÉP :

Ce que nous voudrons.

35 secondes plus tard
RE :

Que voudrons-nous ?

30 secondes plus tard
RÉP :

Nous verrons bien.

Trois minutes plus tard
RE :

Je crois que je préfère recevoir des mails de Boston. Comme cela, nous n'aurons pas à voir qui de nous deux veut quoi. Moi, au moins, je sais déjà ce que je veux : des mails de Boston.

Une minute plus tard
RÉP :

Emmi, je ne vous enverrai pas de mails de Boston. Je veux arrêter, je suis sérieux. Je suis persuadé que cela nous fera du bien.

50 secondes plus tard
RE :

Et combien de temps avez-vous encore l'intention de m'écrire ?

Deux minutes plus tard
RÉP :

Jusqu'à notre rendez-vous. Sauf si vous me dites que vous ne voulez pas me rencontrer. Ce qui serait une sorte de point final.

Une minute plus tard
RE :

C'est du chantage, maître Leo ! De plus, vous vous exprimez de manière assez peu délicate, relisez donc vos derniers mails. Je ne crois pas avoir envie de rencontrer le type qui parle comme cela. Bonne nuit.

Le matin suivant
Pas d'objet

Bonjour, Leo. Je NE VOUS RENCONTRERAI PAS au café Huber !

Une heure plus tard
RÉP :

Rien ne nous y oblige. Mais pourquoi pas ?

Une minute plus tard
RE :

On y croise toujours des collègues ou de vagues relations.

Deux minutes plus tard
RÉP :

On ne peut pas faire plus vague que notre relation.

50 secondes plus tard
RE :

C'est avec ce point de vue que vous avez recherché et mené notre échange, et que vous voulez maintenant y mettre fin ? Dans ce cas, mieux vaut laisser tomber le vague rendez-vous prévolatilisation.

Le jour suivant
Pas d'objet

Leo, qu'avez-vous ? Pourquoi écrivez-vous soudain de manière si brutale et destructrice ? Pourquoi dénigrez-vous tant « notre histoire » ? Vous efforcez-vous d'être insensible et méchant ? Voulez-vous que je me réjouisse de votre départ ?

Deux heures et demie plus tard
RÉP :

Je suis désolé, Emmi, en ce moment j'essaie désespérément de me sortir « notre histoire » de la tête. Je vous ai déjà expliqué pourquoi c'est nécessaire. Je sais que, depuis « Boston », mes mails semblent terriblement terre à terre. Je n'aime pas écrire comme cela, mais je me force. Par écrit, je ne veux plus m'investir sentimentalement dans « notre histoire ». Je ne veux pas continuer à construire alors que je m'apprête à tout laisser s'effondrer. Je ne veux rien d'autre que ce rendez-vous. Je crois que cela nous fera du bien à tous les deux.

Deux minutes plus tard
RE :

Et que se passera-t-il si, après notre rendez-vous, nous avons envie de nous revoir ?

Quatre minutes plus tard
RÉP :

En ce qui me concerne, c'est exclu. C'est-à-dire : je me suis déjà décidé. Je veux vous voir une seule

fois, pour terminer dignement « notre histoire »,
avant de partir en Amérique.

15 minutes plus tard
RE :

Qu'entendez-vous par « terminer dignement » ?
Ou, pour poser ma question autrement : que
voulez-vous que je pense de vous après ce rendez-
vous :

1. Très sympa, mais pas du tout aussi intéressant
qu'à l'écrit. A présent, je suis satisfaite, je peux l'effacer de ma vie en toute bonne conscience.

2. C'est à cause de ce raseur que j'ai été « dans
tous mes états » pendant un an ?

3. L'homme idéal pour une liaison. Dommage
qu'il parte de l'autre côté de l'océan.

4. Un type renversant ! Quelle nuit enivrante !
Ces mois d'échanges de mails ont vraiment payé.
Bon, ça, c'est fait. Maintenant, je peux retourner
m'occuper du goûter de Jonas.

5. Merde. C'était lui ! Pour lui, j'aurais laissé tomber Bernhard et renoncé à ma famille. Hélas, il
m'échappe, direction Amérique, le continent où l'on
ne peut pas écrire de mails. Mais je l'attendrai !
Tous les jours, j'allumerai un cierge pour lui. Et,
avec les enfants, nous lui réserverons une place dans

nos prières, avant qu'il ne revienne auréolé de splendeur et de gloire…

Trois minutes plus tard
RÉP :

Vos sarcasmes vont me manquer, Emmi !

Deux minutes plus tard
RE :

Vous pouvez en emmener une cargaison à Boston, Leo. J'en ai encore assez. Donc : lequel de ces types voulez-vous être à l'occasion de nos adieux officiels ?

Cinq minutes plus tard
RÉP :

Je ne vais être aucun de ces types. Je vais être celui que je suis. Et vous me verrez tel que je suis. Ou du moins, vous me verrez tel que vous croyez que je suis. Ou tel que vous voulez croire que je suis.

Une minute plus tard
RE :

Aurai-je envie de vous revoir ?

45 secondes plus tard
RÉP :

Non.

35 secondes plus tard
RE :

Pourquoi non ?

50 secondes plus tard
RÉP :

Parce que ce ne sera pas possible.

Une minute plus tard
RE :

Tout est possible.

45 secondes plus tard
RÉP :

Pas cela. D'avance, ce n'est pas possible.

55 secondes plus tard
RE :

Après coup, on vit souvent des choses qui n'étaient pas possibles d'avance. En général, ce ne sont pas les plus mauvaises expériences.

Deux minutes plus tard
RÉP :

Désolé, Emmi. Il n'est pas possible que vous ayez envie de me revoir. Vous verrez.

Une minute plus tard
RE :

Pourquoi aurais-je envie de voir ? Si je sais déjà qu'après notre premier rendez-vous je n'en voudrai pas de deuxième, pourquoi vous rencontrer ?

Deux minutes plus tard
Objet : A l'attention de M. Leike

Cher monsieur Leike, nous traversons des jours difficiles. Si cela ne s'arrête pas, notre mariage ne va pas résister. Je ne peux pas croire que vouliez cela. Je vous en prie, rencontrez ma femme et arrêtez de lui écrire. (Je vous jure que je n'ai aucune idée de ce que vous vous écrivez, je ne veux plus le savoir, je veux juste que cela s'arrête.) Sincères salutations, Bernhard Rothner.

Trois minutes plus tard
RÉP :

Emmi, vous devez bien savoir pourquoi vous voulez me rencontrer (si vous voulez me rencontrer). Je ne peux vous dire qu'une chose : je veux vous rencontrer ! Je me suis déjà tué à vous expliquer pourquoi. Je vous embrasse, bonne soirée, Leo.

Une minute plus tard
RE :

Leo Leike, la poche de glace. « C'est comme ça que ce type me parlait pendant tout ce temps. » Plutôt triste, en fait.

Chapitre neuf

Objet : Questions subsidiaires

Bonjour Leo, vous ne voulez donc plus vous manifester. Me répondrez-vous toujours ? Pour combien de temps encore ? Quand partez-vous à Boston ? Amitiés, Emmi.

RÉP :

Bonsoir Emmi, tout est sens dessus dessous chez moi. Je suis en pleine préparation de mon déménagement en Amérique. Je prends l'avion le 16 juillet, demain il me restera deux semaines avant le départ. Je vous le redis : ce serait bien que nous puissions nous voir avant. Si vous n'êtes pas sûre d'en avoir

envie, faites-le pour moi, je vous en prie. Je le souhaite vraiment ! Si vous disiez oui, je serais comblé.
Je sais que je me sentirai mieux après. Et je suis sûr
que vous aussi vous irez bien suite à notre rencontre.

Douze minutes plus tard
RE :

Leo, vous ne comprenez donc pas ? Après cette
rencontre, et sachant qu'il s'agit d'un « rendez-vous
d'adieu », je n'irai bien que s'il s'avère que vous êtes
tout autre que votre façon de m'écrire depuis un an
ne me le fait croire (si l'on excepte certains de vos
derniers mails horribles et terre à terre). Si vous êtes
« autre », cette rencontre sera une grande déception,
et je n'irai bien ensuite que parce que cela aura été
le dernier rendez-vous. Donc, quand vous êtes aussi
certain que cela me fera du bien, c'est comme si
vous me disiez : le rendez-vous sera décevant. Et je
vous le demande pour la deuxième fois : pourquoi
irais-je à la rencontre d'une décevante rencontre ?

Huit minutes plus tard
RÉP :

Je ne crois pas que vous ayez besoin d'être déçue pour aller mieux que, par exemple, aujourd'hui.

Une minute plus tard
RE :

Aujourd'hui ? Et comment savez-vous comment je vais aujourd'hui ?

50 secondes plus tard
RÉP :

Vous n'allez pas bien aujourd'hui, Emmi.

30 secondes plus tard
RE :

Et vous ?

35 secondes plus tard
RÉP :

Moi non plus.

25 secondes plus tard
RE :

Pourquoi ?

45 secondes plus tard
RÉP :

Pour les mêmes raisons que vous.

50 secondes plus tard
RE :

Pourtant c'est votre faute, Leo. Personne ne vous force à disparaître de ma vie.

40 secondes plus tard
RÉP :

Si !

40 secondes plus tard
RE :

Qui ?

Huit minutes plus tard
RE :

> Qui ?

Le matin suivant
Objet : Moi !

> Moi !
> C'est moi qui me force. Moi et la raison.

Une heure et demie plus tard
RE :

> Et qui veut me rencontrer avant ? Vous et la rai-
> son aussi ? Ou vous et la déraison ? Ou la pure
> déraison ? Ou (la pire des variantes) : la simple rai-
> son ?

20 minutes plus tard
RÉP :

> Moi, la raison, les sentiments, les mains, les pieds,
> les yeux, le nez, les oreilles, la bouche, tout. Tout
> mon être veut vous rencontrer, Emmi.

Trois minutes plus tard
RE :

La bouche ?

15 minutes plus tard
RÉP :

Oui, bien sûr, pour parler.

50 secondes plus tard
RE :

Ah, bon.

Deux jours plus tard
Objet : OK

Bonjour Leo, je suis d'accord, prenons le risque, rencontrons-nous, cela m'est égal. Quand avez-vous le temps cette semaine ?

Une demi-heure plus tard
RÉP :

Je me règle sur vous. Mercredi, jeudi, vendredi ?

Une minute plus tard
RE :

Demain.

Trois minutes plus tard
RÉP :

Demain ? D'accord, demain. Matin, midi, après-midi, soir ?

Une minute plus tard
RE :

Soir. Où ?

Dix minutes plus tard
RÉP :

Dans un café de votre choix. Dans un restaurant de votre choix. Dans un musée de votre choix.

Dans une allée de votre choix. Sur un banc de votre choix. Sur un talus de votre choix. Dans n'importe quel lieu de votre choix.

50 secondes plus tard
RE :

Chez vous.

Huit minutes plus tard
RÉP :

Pourquoi ?

40 secondes plus tard
RE :

Pourquoi pas ?

Une minute plus tard
RÉP :

Qu'avez-vous en tête ?

55 secondes plus tard

RE :

Qu'avez-VOUS en tête, Leo ? Si je puis me permettre, c'est VOUS qui vouliez un rendez-vous
d'adieu.

35 minutes plus tard

RÉP :

Je n'ai rien en tête. Je veux juste voir la femme
qui m'a accompagné pendant des mois, qui a mar-
qué ma vie. Je veux entendre sa voix agréable prononcer autre chose que « whiskey » et « hérisse ».
J'aimerais regarder ses lèvres quand elle dit :
« Qu'avez-VOUS en tête, Leo ? Si je puis me permettre, c'est VOUS qui vouliez un rendez-vous
d'adieu. » Que font les coins de votre bouche, comment vos yeux brillent-ils, comment vos sourcils se
soulèvent-ils quand vous prononcez des phrases
comme celle-là ? De quelles mimiques votre ironie
s'accompagne-t-elle ? Quelles traces le nocturne vent
du nord a-t-il laissées sur vos joues, année après
année ? Je m'intéresse à mille petites choses à propos
d'Emmi.

Cinq minutes plus tard
RE :

Votre intérêt arrive assez tard, Leo. La soirée sera un peu courte pour un examen approfondi de mon visage. Combien d'heures escomptez-vous ? Combien de temps faudra-t-il que je reste ?

Trois minutes plus tard
RÉP :

Autant de temps que nous le voudrons.

Une minute plus tard
RE :

Et si nous ne voulons pas la même chose ?

Quatre minutes plus tard
RÉP :

Alors, celui qui veut écourter s'imposera.

50 secondes plus tard
RE :

Vous voulez dire que VOUS vous imposerez.

40 secondes plus tard
RÉP :

Ce n'est pas dit.

20 minutes plus tard
RE :

Etonnant, le nombre de choses qui ne sont pas dites, alors que nous passons notre vie à parler. Par exemple : comment nous dirons-nous bonjour ? En nous serrant la main ? En nous tapant sur l'épaule ? Voulez-vous que je vous tende quelques doigts bien serrés les uns contre les autres, afin que vous puissiez me faire le baisemain ? Ou que je vous présente une joue sculptée par le vent du nord ? Viendrez-vous vers moi la bouche en avant ? Ou bien nous fixerons-nous un moment, comme deux extraterrestres ?

Trois minutes plus tard
RÉP :

Je propose de vous mettre un verre de vin dans la main et de trinquer avec vous. A nous.

Deux minutes plus tard
RE :

Avez-vous aussi du whiskey ? Mais pas une de ces bouteilles infectes avec des algues qui nagent, au fond, dans trois millimètres de liquide beigeasse. Sinon, JE m'imposerai, et la soirée sera courte.

Une minute plus tard
RÉP :

Notre rendez-vous ne manquera pas de whiskey.

45 secondes plus tard
RE :

De quoi, alors ?

Deux minutes plus tard
RÉP :

De rien, ce sera une rencontre sympathique, agréable, saine, vitale, Emmi, vous verrez bien.

Trois heures plus tard
RE :

Avez-vous encore un peu de temps, Leo ? Je sais qu'il est déjà tard. Mais buvez encore un verre de vin rouge, cela vous fait toujours du bien. J'ai encore quelques questions, des choses qui me passent par la tête. Par exemple, pour revenir à mon sujet de prédilection : 1. A votre avis, est-il possible que vous ayez envie de coucher avec moi lors de notre « soirée d'adieu » ? 2. A votre avis, est-il possible que j'aie envie de coucher avec vous ? 3. Si vous répondez oui aux deux questions (et que cela se réalise) : croyez-vous vraiment que nous irons mieux après ? Vous me l'avez presque promis : « Je suis sûr que vous aussi vous irez bien suite à notre rencontre. » 4. Comment cela peut-il coller avec votre prédiction que je ne voudrai pas de deuxième rendez-vous ?

Dix minutes plus tard
RÉP :

1. A mon avis, il est possible que j'aie envie de coucher avec vous, mais je ne suis pas obligé de le montrer.

2. A mon avis, il est possible, mais peu probable, que vous ayez envie de coucher avec moi.

3. Irons-nous mieux après ? Oui, je le crois.

4. Vous n'aurez pas envie de me revoir, parce que vous avez une famille, et qu'après notre rendez-vous vous saurez où est votre place.

Sept minutes plus tard
RE :

1. Croyez-vous que je ne le remarquerai pas si vous avez envie de coucher avec moi ?

2. A propos de mes envies : avec « peu probable », vous n'êtes pas très loin de la vérité. (Juste pour que vous ne vous fassiez pas de faux espoirs.)

3. Vous dites que nous irons mieux après : cela fait du bien quand vous tenez un discours typiquement masculin, cela vous rend si humain.

4. Vous ajoutez que je saurai où est ma place : croyez-vous pouvoir en juger à l'avance mieux que moi ?

Et, toute dernière question avant d'aller dormir, Leo : êtes-vous encore un peu amoureux de moi ?

Une minute plus tard
RÉP :

Un peu ?

Deux minutes plus tard
RE :

Bonne nuit. Je suis très amoureuse de vous. J'appréhende notre rencontre. Je ne peux pas, et je ne veux pas imaginer qu'après, je vais vous perdre. Je vous embrasse, Emmi.

Trois minutes plus tard
RÉP :

Il ne faut pas penser à la « perte ». Y penser, c'est déjà perdre. Bonne nuit, mon Emmi.

Le matin suivant
Pas d'objet

Bonjour, Leo, je n'ai pas dormi. Voulez-vous toujours que je vienne chez vous ce soir ?

Cinq minutes plus tard
RÉP :

Bonjour, Emmi. Je suis heureux que nous ayons partagé une nuit sans sommeil. Oui, venez chez moi. 19 heures, cela vous va ? Nous pourrons passer un moment sur la terrasse.

Deux heures plus tard
RE :

Leo, Leo, Leo, en supposant que la soirée soit plus belle que ce que vous imaginez. En supposant que vous tombiez amoureux de la femme que vous verrez, des mimiques qui accompagnent son ironie, du ton de sa voix, des mouvements de ses mains, de ses yeux, de ses cheveux (j'élude la question des seins), du lobe de son oreille droite, de son tibia, et j'en passe. En supposant que vous vous sentiez lié à moi par autre chose qu'un serveur internet, et que nous ne soyons pas tombés l'un sur l'autre par hasard. Leo, n'est-il pas possible que vous ayez envie de me revoir ? N'est-il pas possible que vous vouliez continuer à m'écrire, même si vous partez à Boston ? N'est-il pas possible que vous ayez envie de rester avec moi ? N'est-il pas possible que vous vouliez vivre avec moi ?

Dix minutes plus tard
RÉP :

EMMI, VOUS N'ÊTES PAS LIBRE POUR UNE VIE AVEC MOI.

35 minutes plus tard
RE :

En supposant que je le sois.

45 minutes plus tard
RE :

Leeeeeo, vous ne trouvez aucune réponse ?

Trois minutes plus tard
RÉP :

Chère Emmi, en supposant, pour moi, c'est une supposition de trop. En supposant, je ne peux pas supposer comme cela que vous êtes libre, tout simplement parce que vous ne l'êtes et ne le serez pas. Si, ce soir, vous pouvez vous « libérer » pour moi, c'est déjà bien, et cela me fait plaisir (à vous aussi, j'espère). Mais cela ne veut pas dire que vous êtes libre, loin de là. En général, j'admets assez bien les suppositions. Mais, même avec la meilleure volonté du monde, je ne peux pas admettre celle-ci, aussi fascinante soit-elle.

Tant que j'y suis, puis-je vous demander quelque chose ? Je sais que vous n'aimez pas ce type de questions. Mais, ici, je la trouve assez pertinente. Donc : que direz-vous à votre mari sur ce que vous faites ce soir ?

Neuf minutes plus tard
RE :

Leo, vous ne pouvez pas vous en empêcher !!! Je lui dirai : je vais voir un ami. Il demandera : je le connais ? Je répondrai : je ne crois pas, je ne t'en ai pas trop parlé. Puis, j'ajouterai : nous avons beau-

coup de choses à nous dire, je rentrerai peut-être
tard. Il dira : amuse-toi bien.

20 minutes plus tard
RÉP :

Et si vous rentrez chez vous à l'aube ? Que dira-
t-il ?

Trois minutes plus tard
RE :

Vous pensez qu'il est possible que je rentre chez
moi à l'aube ? Je découvre de nouvelles facettes de
votre personnalité.

Huit minutes plus tard
RÉP :

Que disait Emmi Rothner ? « Après coup, on vit
souvent des choses qui n'étaient pas possibles
d'avance. En général, ce ne sont pas les plus mauvaises expériences. » En bref : tout est possible. Je
commence à le croire, moi aussi.

Quatre minutes plus tard
RE :

Waouh, intéressant. J'aime quand vous parlez comme cela. (Peut-être parce que ce sont mes mots.) D'ailleurs : plus que quatre heures. Voulez-vous que je vous dise à laquelle des trois Emmi du café vous allez ouvrir la porte ?

Trois minutes plus tard
RÉP :

Emmi, non, ne dites rien ! Au contraire. Je vous fais une proposition. Ne vous moquez pas de moi, je suis sérieux. Je laisse la porte entrouverte. Vous entrez. De l'entrée, vous passez dans la première pièce à gauche. Il fait noir. Je vous prends dans mes bras, sans vous voir. Je vous embrasse à l'aveuglette. Un baiser. Un seul baiser !!

50 secondes plus tard
RE :

Et après je repars ?

Trois minutes plus tard
REP :

Mais non ! Un baiser, puis nous ouvrirons les volets, et nous verrons qui nous avons embrassé. Puis, je vous mettrai un verre de vin dans la main, et nous trinquerons à notre santé. Puis, nous verrons.

Une minute plus tard
RE :

Un verre de whiskey pour moi ! A part cela, je suis d'accord avec votre rituel d'accueil. Au fond, c'est le numéro des yeux bandés, mais sans bandeau, donc un peu plus romantique. D'accord, on fait ça ! Aaaah, vraiment ? C'est de la folie, non ?

40 secondes plus tard
RÉP :

Oui, on fait ça !

Quatre minutes plus tard
RE :

Mais Leo, c'est risqué. Je ne peux pas savoir si j'aime votre façon d'embrasser. Comment embrassez-vous ? Vos baisers sont-ils plutôt fermes ou plutôt doux, plutôt secs ou plutôt humides ? Comment sont vos dents, acérées ou émoussées ? Votre langue est-elle offensive et souple ? A-t-elle la consistance d'un morceau de plastique dur, ou d'un bout de caoutchouc ? Gardez-vous les yeux ouverts ou fermés quand vous embrassez ? (OK, cela n'a pas d'importance dans le cas d'une dégustation à l'aveugle.) Que faites-vous de vos mains ? M'attraperez-vous ? Où ? Fermement ? Etes-vous silencieux, respirez-vous fort, faites-vous des bruits avec votre bouche ? Donc, Leo, répondez : comment embrassez-vous ?

Trois minutes plus tard
RÉP :

J'embrasse comme j'écris.

50 secondes plus tard
RE :

C'est très prétentieux, mais ça n'a pas l'air mal, Leo. D'ailleurs : votre manière d'écrire est unique.

45 secondes plus tard
RÉP :

Ma manière d'embrasser aussi.

Quatre minutes plus tard
RE :

Si vous me promettez que vous embrassez comme vous m'avez écrit hier et aujourd'hui, alors je me risque !

35 secondes plus tard
RE :

Alors risquez-vous !

Douze minutes plus tard
RE :

Et si, après le baiser, nous voulons aller plus loin ?

40 secondes plus tard
RÉP :

Dans ce cas, nous voudrons aller plus loin.

50 secondes plus tard
RE :

Irons-nous plus loin ?

35 secondes plus tard
RE :

Je crois que nous le saurons le moment venu.

Deux minutes plus tard
RE :

Pourvu qu'il n'y en ait pas un seul des deux qui
le sache.

Quatre minutes plus tard
RE :

Si l'un de nous le sait, l'autre le saura aussi. D'ailleurs, Emmi, il reste à peine deux heures. Nous devrions arrêter d'écrire et nous préparer au changement de dimension. Je l'avoue : je suis très excité.

Huit minutes plus tard
RE :

Que dois-je mettre ?

Une minute plus tard
RÉP :

Je fais confiance à votre goût, Emmi.

55 secondes plus tard
RE :

Moi, j'aimerais faire confiance à votre imagination, Leo.

Deux minutes plus tard
RÉP :

En ce moment, vous ne devriez pas faire confiance à mon imagination. J'ai un peu de mal à la contrôler. Et je pense qu'il vaut tout de même mieux que vous mettiez quelque chose.

Trois minutes et demie
RE :

Dois-je mettre quelque chose qui augmente la probabilité qu'après le baiser nous n'ouvrions pas tout de suite les volets, parce qu'aucun de nous deux n'aura les mains libres ?

40 secondes plus tard
RÉP :

Si ma réponse ne vous semble pas trop succincte : OUI !

Une minute et demie plus tard
RE :

Un « OUI ! » en réponse à une question qui ne

demandait que cela ne me semblera jamais trop succinct. Bien, maintenant, je vais me « faire une beauté » comme on dit si joliment. Si mon cœur ne fait pas exploser ma cage thoracique, je serai chez vous dans une heure et demie, Leo.

Trois minutes et demie plus tard
RÉP :

Sonnez à l'interphone « appartement 5 ». Dans l'ascenseur, tapez 142, puis allez au dernier étage. Là, il n'y a qu'une porte. Elle sera entrouverte. Ensuite, pièce de gauche, suivez la musique. Je suis fou de joie de vous rencontrer !

50 secondes plus tard
RE :

Et moi de vous rencontrer, Leo. De TE rencontrer, Leo. Je suis Emmi. Et je ne veux pas embrasser, dans le noir, un étranger que je ne tutoie pas. Toi aussi, tu peux me dire TU, Leo. Au fait, j'ai 34 ans, deux ans de moins que toi.

Deux minutes plus tard
RÉP :

Emmi, je crois qu'il faut que je te donne un peu plus de détails sur « Boston ». Tu t'es fait une idée fausse de Boston, ou plutôt de Boston et moi. Ce n'est pas du tout ce que tu crois. Il faut que je t'explique. Il y a tant de choses à expliquer ! Il y a tant de choses à comprendre ! Tu comprends ?

Une minute et demie plus tard
RE :

Doucement, doucement, Leo. Une chose après l'autre. Boston peut attendre. Expliquer peut attendre. Comprendre peut attendre. D'abord, embrassons-nous. A tout de suite, mon Leo !

45 secondes plus tard
RÉP :

A tout de suite, mon Emmi !

Chapitre dix

Le soir suivant
Objet : Vent du nord

Cher Leo, je sais, c'est impardonnable. Ton « silence » me le montre. Tu ne poses pas de questions. Non, tu ne demandes pas. C'est la leçon que tu me donnes. Pas d'accès de fureur, pas de tentative de sauver la situation, pas d'action désespérée. Tu ne fais rien. Tu restes muet. Tu supportes tout sans dire un mot. Tu ne demandes même pas pourquoi. Tu fais comme si tu le savais. Pour moi, c'est une punition supplémentaire. Ta déception ne peut pas être aussi grande que la mienne. Car, à ma déception, il faut ajouter la représentation que je me fais de la tienne.

Leo, je t'explique pourquoi, à la dernière seconde
– ce n'est pas une expression, c'était vraiment à la
dernière seconde – je t'explique pourquoi je ne suis
pas venue chez toi. La faute en revient à une lettre,
une seule lettre erronée, à un endroit où elle n'aurait
pas dû être, au moment le moins opportun. Toi,
Leo, tu m'as demandé : « Que vas-tu raconter à Bernhard ? » Te rappelles-tu de ma réponse ? « Je lui
dirai : je vais voir un ami. » C'est exactement ce que
j'ai dit. « Il demandera : je le connais ? » C'est ce
qu'il a demandé. « Je répondrai : je ne crois pas, je
ne t'en ai pas trop parlé. » C'est la réponse que j'ai
donnée. « Puis, j'ajouterai : nous avons beaucoup de
choses à nous dire, je rentrerai peut-être tard. » Oui,
je l'ai formulé tout à fait comme cela. « Il dira :
amuse-toi bien. » Oui, Leo, c'est ce qu'il a dit. Mais
il a ajouté un mot. Il a dit : « Amuse-toi bien,
EMMI. » C'était le « amuse-toi bien » habituel.
Ensuite, il a fait une pause. Et ce EMMI est arrivé.
Un souffle, pas plus qu'un souffle, qui m'a glacée
jusqu'à la moelle. Il m'appelle « Emma », toujours
Emma. Cela fait des années qu'il n'a plus utilisé
« Emmi ». Je ne me rappelle même plus de la dernière fois qu'il m'a appelée comme cela.

Leo, le « I » à la place du « A », cette seule lettre
étrange a provoqué en moi une onde de choc. Je
n'aimais pas ce nom dans sa bouche. IL n'avait pas le
droit de le prononcer comme cela. Cela semblait si

décevant, si destructeur, comme s'il me démasquait. Comme s'il devinait la situation, comme s'il m'avait percée à jour. Comme s'il voulait me dire : « Je sais que tu veux être "Emmi", tu veux redevenir "Emmi". Alors, sois "Emmi" et amuse-toi bien. » Et à cela j'aurais dû répondre quelque chose d'atroce, j'aurais dû dire : « Bernhard, je ne veux pas seulement être Emmi, je SUIS Emmi. Mais je ne suis pas ton Emmi. Je suis l'Emmi de quelqu'un d'autre. Il ne m'a jamais vue, mais il m'a découverte. Il m'a reconnue. Il m'a fait sortir de ma cachette. Je suis son Emmi. Pour Leo, je suis Emmi. Tu ne me crois pas ? Je peux te le démontrer. J'ai des preuves écrites. »

Des scrupules ? Non, Leo, je n'ai pas eu de scrupules vis-à-vis de Bernhard. J'ai eu peur de moi-même.

Je suis retournée dans ma chambre, je voulais t'envoyer un mail. Je n'y suis pas arrivée. J'avais en face de moi cette phrase pitoyable : « Mon cher Leo, je ne peux pas venir chez toi aujourd'hui, tout se bouscule dans ma tête. » Je l'ai fixée pendant quelques minutes, puis je l'ai effacée. Je n'ai pas pu te décommander. Cela aurait été comme me décommander moi-même.

Leo, il s'est passé quelque chose. Mes sentiments ont quitté l'écran. Je crois que je t'aime. Et Bernhard l'a senti. J'ai froid. Le vent du nord souffle.

Qu'allons-nous faire ?

Dix secondes plus tard
RÉP :

ATTENTION. ADRESSE MAIL MODIFIÉE. LE DESTINATAIRE NE PEUT PLUS REGARDER CETTE BOÎTE. LES NOUVEAUX MESSAGES SERONT AUTOMATIQUEMENT EFFACÉS. LE MANAGER DU SYSTÈME EST À VOTRE DIS-POSITION POUR PLUS D'INFORMATIONS.

Composition réalisée par NORD COMPO

Achevé d'imprimer en septembre 2011 en Espagne par
BLACK PRINT CPI IBÉRICA, S.L.
08740 Sant Andreu de la Barca (Barcelona)
Dépôt légal 1re publication : avril 2011
Édition 04-septembre 2011

LIBRAIRIE GÉNÉRALE FRANÇAISE – 31, rue de Fleurus – 75278 Paris Cedex 06